JN125711

隠蔽捜査9.5
審議官
今野敏
Bin Konno
新潮社

目次

審議官

隠蔽捜査9.5

空席

1

斎藤治《さいとうおさむ》警務課長は、全身から力が抜けてしまったように感じていた。

今しがた、署長の竜崎伸也《りゅうざきしんや》を送り出したところだった。竜崎は、警視庁大森署長から神奈川県警刑事部長に異動になった。

手の空いている者で送り出そうと斎藤が署内に呼びかけたら、思った以上の署員が集まってしまった。普段私服の者たちも制服に着替えていた。

それでも、決して大げさだという気はしなかった。竜崎署長はそれだけ署員に信頼されていたということだ。

竜崎を乗せた公用車が見えなくなると、署員たちはそれぞれ持ち場に戻っていき、日常が戻って来たかに見えた。

だが、それは決してそれまでの日常ではなかった。誰もがそう思っているはずだと、斎藤は思った。

「行ってしまったな……」

席に戻る途中いっしょになった副署長の貝沼悦郎《かいぬまえつろう》が言った。

斎藤はこたえた。

「そうですね」

それしか言葉が浮かばない。

「後任の署長の着任が少々遅れるそうだね」

「はい。そう聞いております」

「北海道警からの異動らしい。引っ越しに手間取っているのだろうな」

「総務課長だということですから、引き継ぎも大変でしょう」

斎藤はそう言ってから、付け加えた。「女性キャリアだそうですね」

貝沼がわずかに顔をしかめたように見えた。

「うちの署は変わった署長ばかりやってくる」

副署長の立場を考えれば、その発言の意味は理解できるような気がした。

副署長は署長の補佐役であると同時に、指南役でもある。マスコミの対応をし、実際に署内の切り盛りをするのは副署長というのが一般的だ。

署長は最終的な決裁を行い、署の方針を決めるのが主な役割だ。

竜崎署長の場合、その方針が独特だった。警察官も役人なので、過去の事例を参考にすることが多い。だが、竜崎署長はそんなことはまったく気にしなかった。

原理原則が何より大切。そう考えているのだ。そして実際にそれを実行した。

それは強力なイニシアティブだった。次の署長がどういう方針を示すかはわからないが、現在のところ、竜崎イズムは大森署の隅々にまで行き渡っているようだと、斎藤は感じていた。

貝沼が副署長席に戻り、斎藤も自分の席に着いた。そのとき、無線が流れた。ひったくり事件だ。それも、連続して二件発生したようだ。同一犯の仕業と見られている。第一の現場が東五反田二丁目、第二の現場が西品川二丁目だ。いずれも品川署管内なので、大森署の仕事ではない。

斎藤はそう判断して、書類仕事を始めようとした。そのとき、部下が言った。

「第二方面本部からお電話です」

「第二方面本部……？」

「はい。野間崎《のまざき》管理官です」

斎藤は警電に出た。

「はい。警務課、斎藤ですが」

「二件のひったくり事件については聞いているか？」

「今しがた、無線で聞きました。品川署の事案ですね」

「緊急配備だ。品川署近隣の警察署にも対応してもらう。つまり、大井署、大崎署、荏原署、そして大森署だ」

「大森署もですか」

「そうだ。犯人がもし高飛びを目論んでいるとしたら、大森署管内を通って羽田空港に向かう可能性もある」

品川区と大田区を担当する第二方面には九つの警察署がある。その中の五つの警察署で緊急配備を敷くということだ。

品川署、大井署、大崎署、荏原署の四つは品川区の警察署だからいいとして、どうして大田区から大森署だけが選ばれたのだろう。管内に羽田空港に向かう経路があると、もっともらしいことを言っているが、もしかしたら、野間崎の嫌がらせではないだろうか。

斎藤はそんなことを思いながら言った。

「了解しました。すみやかに対処します」

「頼むぞ」

電話が切れた。

受話器を置くと、斎藤はすぐに席を立って副署長のもとに向かった。副署長席は、次長席とも呼ばれ、署長室の出入り口の脇にある。

記者たちはたいてい、この次長席の周りに集まっている。斎藤が近づいて行くと、ベテラン記者が声をかけてきた。

「品川署管内でひったくり事件ですね。大森署も駆り出されるんですか？」

彼はラジコン席から洩れてくる無線の声を聞いていたのだ。ラジコン席は、無線担当者の席のことだ。

その記者の問いに、斎藤ではなく貝沼副署長がこたえた。

「公式なコメントは出せないよ」

斎藤は貝沼副署長に耳打ちした。

「緊配《きんぱい》です」

貝沼副署長は無言でうなずいた。

さきほどのベテラン記者が再び尋ねる。

「どうしました？　何かあったんですか？」

貝沼副署長がこたえる。

「緊配だ」

「やはり大森署も駆り出されたわけですね。指定署配備ですか？」

「だから、詳しいことはまだ言えないんだよ」

マスコミへの対応は副署長に任せて、斎藤は席に戻った。緊急配備は大事《おおごと》だ。地域課を中心に、署員は手がけている仕事を一時棚上げにして、あらかじめ決められた拠点に移動して警戒に当たる。

斎藤は地域課長の久米政男《くめまさお》に電話をした。

「はい、地域課、久米」

「警務課の斎藤です。無線は聞きましたか？」

久米は課長の中では最年長なので、斎藤は敬語を使う。

「無線？」

「品川署管内の二件のひったくりです。方面本部から緊配の要請がありました」

「ああ、その件なら通信指令本部から指示があった。すでに対応している」

「そうですか」

さすがは久米課長だ。

「緊配なら、本部から直接指示があるんだ。方面本部がわざわざ連絡してくることはない」

「野間崎管理官ですよ」

久米が舌打ちするのが聞こえた。

「あいつは、所轄に対して偉そうな顔をしたいだけなんだろう」

「そういうことは、思っても言わないほうがいいですよ」

「思ったことは言ったほうがいい。竜崎署長がそう教えてくれた」

斎藤は「そうですね」と言った。

「とにかく、緊配となれば、地域課はしばらく身動きが取れない。よろしくな」

「心得ています」

「緊配はどれくらい続くと思う？」

「ひったくり犯が逃走中ですから、すぐに解除というわけにはいかないでしょう」

「まいったな……」

その一言で電話が切れた。

たしかに地域課は大変だろうと、斎藤は思った。いや、地域課だけではない。交通課や刑事組対課からも人員が駆り出されるかもしれない。そのやり繰りをするのが久米地域課長なのだ。

署内が少しだけ静かになったように感じられた。署員の多くが警戒拠点に出かけていったからだろう。

だからといって暇になったわけではない。電話は鳴るし、ラジコン席から無線の声が流れてくる。

交通違反の反則金支払い、落とし物の問い合わせ、風営法関係など、警察署を訪れる人は少なくない。さらに検挙された者たちがやってくる。

署内はけっこうあわただしい。

そんな中、貝沼副署長が斎藤の席に近づいてくるのが見えた。斎藤は立ち上がった。

「何かご用ですか？」

「笹岡《ささおか》が相談に来てな……」

笹岡初彦《はつひこ》生活安全課長は、課長たちの年齢で言うと久米地域課長の次だ。

「笹岡生安課長が？」

「相談というか、クレームだな」

「クレーム？　どんな……」

「ストーカー対策チームのことだ」

警察庁および警視庁本部の肝煎で、各所轄署にストーカー専門の対策チームを置くことになった。大森署のストーカー対策チームは、竜崎署長が特に力を入れて人選をさせた経緯がある。いわば署長の置き土産だ。

「ストーカー対策チームがどうかしましたか？」

斎藤が尋ねると、貝沼副署長は険しい表情で言った。

「戸高《とだか》だよ」

戸高善信《よしのぶ》は、刑事組対課の巡査部長だ。勤務中に平和島の競艇に行くという噂もあり、あまり勤務態度がよくない。

「戸高ですか……」

「そうだ。あいつは、ストーカー対策チームで根岸《ねぎし》と組んでいるのだが、どうやらこのところ、根岸をほったらかしらしい」

根岸紅美《くみ》は生活安全課・少年係の巡査だ。

斎藤は言った。

「根岸は今も夜回りを続けているのでしょうか?」

「続けているらしいな。おそらく異動になるまで続けるだろう」

「ボランティアに任せればいいのに……。夜中に街を回って少年たちに声をかけるなんて、少年係の仕事じゃありませんよ。生安課は日勤なんですから……。それでなくても、働き方改革で厚労省がうるさいのに……」

「根岸はそう考えていないらしいな。夜回りこそが自分の仕事だと思っているようだ。そして、竜崎署長がそれを認めていた」

「戸高はしばらく、夜回りをフォローしていたんでしたね」

「ああ。根岸の面倒を見るようにと、竜崎署長に言われていたらしい」

「つまり、言いつけを守っていないということですね」

「ああ。そして、すでに竜崎署長はいない」

「それで、どうなさるおつもりですか?」

「笹岡課長のクレームは無視できない」

「おそらく根岸を気づかってのことでしょうね」

「私だって気になる。無理を続けて、体を壊しでもしたらたいへんだ」

「では、戸高を呼びましょうか？」

「呼びつけて頭ごなしに叱って済む話だろうか……」

「……とおっしゃいますと……？」

「戸高だって暇なわけじゃないんだ」

「かといって、ストーカー対策チームをおろそかにするわけにはいきません。警察庁も警視庁本部もストーカー問題には力を入れろと言ってきていますから……」

「それはもちろんわかっているのだが……」

「おっしゃりたいことはわかります」

貝沼はしばらく斎藤の顔を見てから、眼をそらして言った。

「そう。竜崎署長ならどうするかと思ってね……」

まだ影響が色濃く残っているのだ。

斎藤は言った。

「もう竜崎署長を頼ることはできません」

「もちろんわかっている。だが、つい頼りたくなる」

「こう言ってはナンですが、副署長は竜崎署長がいらした当初はまったく期待されていなかったようにお見受けしましたが……」

「正直に言うと、そのとおりだよ。キャリアでしかも降格人事だというんだ。箸にも棒にもかからないような人が来るんじゃないかと思っていた。そして、あの変人ぶりだ。だが、たちまちそれが間違いだということに気づいた」

「私もです」

貝沼副署長は、一つ溜め息をついた。

「君の言うとおり、もう竜崎署長を頼ることはできない。だから、もしあの方ならどうするかを考えようと思う」

「戸高はどうします？」

「しばらく様子を見ようと思う」

「わかりました。私も気にかけておきます」

貝沼はうなずいて、斎藤の席を離れていった。

その戸高についての知らせが、その二十分ほどあとに届いた。警務課の係員が課長席にやってきて告げた。

「刑事組対課で戸高が誰かと喧嘩しているようです」

斎藤はびっくりした。

「署内で喧嘩だって？」

取りあえず駆けつけることにした。

刑事組対課にやってくると、戸高がベテラン刑事と睨み合っているのが見えた。

それを署員が遠巻きに眺めている。関本《せきもと》刑事組対課長が苦り切った表情で戸高たち二人を見ていた。

斎藤は関本課長に近づいて尋ねた。

「いったい、何事です？」

「刑事組対課の問題だ」

「そうはいきませんよ。署内で喧嘩なんてあり得ないでしょう」

戸高の声が言った。

「あんた、被害者の立場になって考えたこと、あんのか？」

「てめえ、俺に説教するなんざ、十年、いや百年早いんだよ」

警察は縦社会だ。長幼の序と言えば聞こえはいいが、体育会的な体質が色濃く残っている。だから、戸高のようにベテランに楯突く者は、極めて珍しい。戸高はまだ四十前だ。一方、彼と対峙しているベテラン刑事の船井武久《ふないたけひさ》はたしか五十六歳だ。

斎藤は関本課長に尋ねた。

「戸高は強行犯係、船井さんは知能犯係ですよね。なんでその二人が喧嘩を……」

「俺もこれから二人の言い分を聞くところなんだよ」

そう言うと、関本課長は二人に近づいて、言った。

「こっちへ来て、言いたいことがあったら、俺に言ってくれ」

関本課長は二人を小会議室に引っぱっていった。斎藤はそれを追った。

関本課長が斎藤に言った。

「あんたが来ることはないだろう」

「警務課としては事情を把握しておかないと……」

関本課長は面倒臭そうに肩をすくめると小さな声で言った。

「ごくろうなこったな……」

小会議室の中でも、戸高と船井は立ったまま睨み合っていた。

関本課長が二人に言った。

「まあ、座れ。それから話を聞こう」

船井が憤然とした表情のまま腰を下ろした。すると、戸高も椅子に座った。

関本課長がおもむろに着席する。斎藤も彼らから離れた場所に座った。

「事情を説明してくれるか」

関本課長の言葉に、船井が言った。

「その前にまず、こいつの生意気な態度をどうにかしてほしいね。目上の者に対する態度じゃない」

それに対して即座に戸高が言った。

「そういうのは、ちゃんと仕事をしている人の言うことだよ」

「だから、おまえにとやかく言われる筋合いはないんだよ」

関本課長がうんざりとした顔で言う。

「いい加減にしないか。そもそも発端は何だったんだ？」

船井が戸高を睨みながら言った。

「こいつが仕事を回してきやがったんだ」

関本課長が聞き返す。

「仕事を回した？」

戸高が言った。

「知能犯係の仕事だから回したんだ。ちゃんとやってくれると思った俺がばかだった」

「なんだと、このやろう」

関本課長が一喝した。

「やめろと言ってるんだ」

二人は鼻白んだ表情になった。関本課長が続けて言った。

「いったい、どんな仕事を回したって言うんだ。戸高、説明しろ」

戸高はふてくされたような態度で話しはじめた。

「三十代前半の女性が、時計を奪われたと訴えてきたんです。そのとき、刑事組対課には俺しかいなくて、俺が応対したんですが……」

「時計を奪われた？　……ということは、盗犯係の仕事じゃないのか？」

「俺も、当初はそう思って、取りあえず話を聞くことにしました。その内容からすると、盗犯係というより知能犯係の仕事のように思えました」

どういう訴えだったのだろう。斎藤は興味を持った。

関本課長が質問を続ける。

「具体的に話してくれ」

「被害にあったのは、飲食店に勤める女性です。腕時計が壊れたので、修理に出そうとしていたところ、知り合いの男性が、自分も修理に出すものがあるので、いっしょに出してやると言ったのだそうです」

「それで時計をその男性に預けたのか？」

「ええ。その男性は、時計を質に入れてしまったらしいです」

「質に……。それで被害総額は？」

「本人の申告によると、一千万円ほどだそうです」

関本課長が驚いた顔になった。

「一千万円？　時計一つでか？」

「カルティエの時計だそうです。カルティエなら億単位の時計もありますからね」

「ふん」

船井が言った。「本人がそう言ったって、質屋でついた値が一千万円とは限らない」

戸高が船井に言う。

「値段の問題じゃないだろう。時計を詐取されたってことが問題なんだ」

「たしかに」

関本課長が言った。「戸高の言うとおりだ。その女性は時計を詐取されたと見ていいだろう」

「ところが、船井さんは事件にしなかったんです」

関本課長が船井に尋ねた。

「どういうことだ？」

船井がこたえた。

「詐取と言ってもですね、時計を奪ったのは知り合いの男性ですよ。しかも、どこの質屋に入れたのかわかっているわけです。警察が介入するような問題じゃないんですよ。本人同士で解決してもらわないと……」

船井の言うことにも一理あると、斎藤は思った。警察が何でも解決できるわけではない。また、対応能力にも限界があるので、本人同士で解決できる問題なら、ぜひそうしてほしい。

「しかしですね」

戸高が食い下がる。「質札がないので、その女性は時計を質から出すこともできないんですよ」

「本当に時計が大切なら買い戻せばいいんだ」

船井のこの言葉に、戸高の怒りが再燃したようだった。

「ばかなことを言うな。一千万円だぞ。自分の所有物を一千万円も払って買い戻せって言うのか」

「ばかとは何だ、ばかとは……。それが年長者に対する態度か」

斎藤はまたしても、先ほどと同じことを考えていた。

竜崎署長ならどうするだろう。

そのとき、関本課長が船井に言った。

「被害者から話は聞いたのかね？」

「ひととおりは聞いたよ。その上で判断したことだ。こんなの事件にしていては、警察署はたちまちパンクだよ。もっと他にやらなくちゃならないことがたくさんあるんだ」

「それでもやるんだよ。それが警察だ」

戸高が言った。「被害にあった一般市民は警察しか頼るものがないんだ。俺たちはその期待にこたえなきゃならないんだよ」

なるほど、と斎藤は思った。

戸高は、勤務態度がよくないのに、なぜか人望が篤いらしい。さらに、竜崎署長も彼を気に入っていた様子だった。

その理由があらためて理解できた。戸高は上司や先輩には誤解されやすいが、実はなかなかの情熱家であり、やるべきことはとことんやるタイプなのだ。

関本課長がさらに言った。

「時計を詐取した男性の所在は明らかなのか？」

船井がこたえる。

「被害を訴えている女性に訊けば、すぐにわかるでしょう」

「なら、任意で話を聞け。事件にするかどうかを決めるのは、それからでも遅くはない」

船井が目をむいた。

「そういう手間が無駄だと言ってるんです。人員も時間も限られているんです」

戸高が言った。

「なら、こんなところでうだうだ言ってないで、すぐに話を聞きに行ったらどうだ」

関本課長が戸高に言った。

「おまえも、少し口をつつしめ」

戸高は、しかめ面になった。

関本課長がきっぱりと言った。

「フナさんは、被害を訴えている女性からもう一度、そして、詐取したとされる男性から話を聞く。それから事件にするかどうか改めて判断してくれ。以上だ」

2

小会議室を出ると、船井は自分の席に戻り、戸高はどこかに出かけて行った。

自席に戻ろうとする関本課長に、斎藤は言った。

「笹岡生安課長からの話、聞いてますか？」

「笹岡課長？　いや。何の話だ？」

「戸高が根岸をほったらかしにしているのが不満だということらしいです」

「ほったらかし？　どういう意味だ？」

「ストーカー対策チームです」

関本課長は難しい表情になった。

「そいつは、現職との兼務だから多忙な者にはなかなかたいへんだ」

「警察署に多忙じゃない者なんていませんよ」

「それはそうだが、強行犯係ってのは、やっぱり特殊でね……」

「根岸も夜回りを続けているんです。彼女の負担が大きすぎる気がします。体でも壊したらえらいことです」

「俺はむしろ、戸高の体を気づかいたいね。あいつだってかなり無理をしているんだ」

「それはわかりますが、何とかしませんと……」

関本課長は言った。

「わかった。考えておく」

本当に考えるかどうかは疑問だった。早くこの話題に終止符を打ちたい。ただそう考えているだけなのかもしれない。

斎藤がそんなことを考えていると、刑事庶務係の係員が関本課長に声をかけた。

「ラジコン席から電話です」

関本課長は電話に出ると、「わかった」とだけこたえて受話器を置いた。

そして彼は言った。

「タクシー強盗だ。強行犯係に集合をかけろ」


斎藤は貝沼の席に行って報告した。

「管内でタクシー強盗があった模様です」

「そうらしいな。無線で聞いた。緊配の最中だというのに……」

「タクシー強盗についての緊配もかかるでしょうか？」

「どうだろうな。通信指令本部の管理官がどう判断するか……。いずれにしろ、緊配から強行犯係は引き上げさせなければならない」

「戸高とフナさんが揉めていたようなんですが……」

「何だって？　この忙しいのにどういうことだ」

斎藤は経緯を説明した。

話を聞き終わると貝沼が言った。

「戸高の言い分もわかるが、フナさんの言うことも、もっともだと思う。一般市民が自ら解決できるような問題は事件にすべきではない」

「戸高は被害者の立場で考えるべきだと言っているのでしょう」

「しかしな、訴えをすべて取り上げていては警察署のキャパシティーをあっという間に超えてしまうし、すべて送検していては、検察や裁判所がたちまちパンクしてしまう。処理能力には限界がある。フナさんはそれをよく知っているんだよ」

「はあ……」

斎藤は釈然としない気分でその話を聞いていた。そして、またしても同じことを考えていた。

竜崎署長ならどう言うだろう。

貝沼は眉間にしわを寄せたまま言った。

「署長席が空席のままだと、なんだか不安なものだな。舵のないまま船が進んでいるようなものだ」

「言い得て妙ですね。新署長は明日には着任するはずですが」

「たった一日の空白。それすら心許ない」

「竜崎署長がいらっしゃる前は、そんなことは感じなかったんじゃないでしょうか」

貝沼副署長は、一瞬意外そうな顔をしてから、感慨深げな表情になって言った。

「そうだな……。昔は、署長には決裁の判をもらうだけ、と割り切っていたからな」

「新署長が来るまで、我々で乗りきるしかありません」

「どうしても署長の判断が必要、ということになったら、どちらの署長に訊けばいいのだろう」

貝沼副署長にそう尋ねられて、斎藤は考え込んだ。

「竜崎署長はすでに、神奈川県警本部で刑事部長着任の報告を済ませているはずです。……ということは、すでにあちらの刑事部長なわけですから、新署長に訊くのが筋かと……」

「そうなんだろうか……。まあ、警務課の君が言うんだから、そのとおりなんだろうな」

「はあ……。しかし、署長が空席などという事態は私も経験がありませんので、はっきりしたことは申し上げられません」

貝沼副署長は曖昧にうなずいた。

そのとき、斎藤は副署長席に久米地域課長がやってくるのが見えた。明らかに機嫌が悪そうだ。

貝沼副署長が久米課長に言った。

「何事だ?」

「緊配ですよ」

「すでに、配備しているんだろう?」

「そうですよ。品川署管内のひったくり犯にかかる緊配の最中です。なのに、タクシー強盗の緊配をやれって言うんです。そんなの不可能です」

貝沼副署長が斎藤のほうを見た。斎藤は言った。

「やはり来ましたね」

久米課長が貝沼副署長に言った。

「うちの管内のタクシー強盗ですからね。その緊配なら納得できます。緊急性も高い。ですから、品川署のひったくり犯のほうの緊配を外してもらわないと……」

貝沼副署長が斎藤に尋ねた。

「どう思うね？」

話を振られて、斎藤は困惑した。

「久米課長が言うことはもっともだと思います。もともと、品川署に隣接する警察署が緊配の対象になったはずです。大森署はちょっと外れているように思います」

「そうです」

久米課長が貝沼副署長に向かって言った。「タクシー強盗に専念させてください」

貝沼副署長が言った。

「こんなとき、竜崎署長ならすぐに通信指令本部に電話をするだろうな」

斎藤はうなずいた。

「そう思います」

「では、通信指令本部の管理官につないでくれ」

斎藤はこたえた。

「承知しました」


貝沼副署長の申し入れを、通信指令本部の管理官は受け容れた様子だった。貝沼副署長は、立ったまま電話の結果を待っていた久米課長に言った。

「品川署のひったくり犯にかかる緊配については、大森署は除外された。タクシー強盗の緊配に切り替えてくれ」

「了解しました」

久米課長は、ほっとした様子で席に戻って行った。

それから二十分ほど経った頃だった。

警務課の係員たちが起立したので、何事かと斎藤は顔を上げた。

第二方面本部の野間崎管理官がやってくるのが見えた。ひどく機嫌が悪そうだ。斎藤も立ち上がって彼を迎えた。

「野間崎管理官。どうなさいました」

野間崎は言った。

「大森署は、ひったくり事件の緊配を解いたそうじゃないか。どうして勝手なことをするんだ」

斎藤は驚いて言った。

「勝手なこととおっしゃいますが、通信指令本部の管理官に相談して決めたことです」

「相談したのではなく、緊配を解除したいと申し出たんだろう。それが勝手なことだと言うんだ」

「そう言われましても……」

「すぐに、元に戻すんだ」

「いえ、それは……」

「方面本部の言うことがきけないのか」

「そういうわけではありませんが……」

「警務課長では話にならない。署長と話をすると言いたいが、竜崎さんはすでに神奈川県警に赴任し、新署長はまだ到着しないということだな。つまり、署長が空席なわけだ」

「はあ、おっしゃるとおりです」

「じゃあ、副署長と話をするしかないな」

野間崎は副署長席に向かった。貝沼はすでにこのやり取りに気づいているはずだ。副署長席からは斎藤の席が見えている。

斎藤は慌てて立ち上がり、野間崎のあとを追った。

貝沼副署長も起立していた。

野間崎管理官が貝沼副署長に言った。

「ひったくり犯にかかる緊配を、方面本部の許可なく解除したそうだな」

貝沼副署長はこたえた。

「大森署管内でタクシー強盗事件が発生しました。通信指令本部から、その事案についての緊配を敷くようにとの指示がありました。そちらを優先せざるを得ませんでした」

「タクシー強盗の件は聞いている」

野間崎管理官は言った。「通信指令本部から緊配の指示があったのなら、それに従うのは当然だ」

どうやら理解してもらえたようだ。

そう思って斎藤課長は一瞬ほっとしたが、実はそうではなかった。野間崎管理官の言葉が続いた。

「だが、ひったくり犯の緊配を解除していいと誰が言った。そんな指示はどこからも出ていないはずだ」

　斎藤課長はこの言葉にすっかり驚いてしまった。

　貝沼副署長も驚愕の表情だった。

「通信指令本部の管理官も同意してくれました。だから、ひったくり犯の緊配を解除したんです。両方の緊配を同時にやるなんて、どう考えても不可能です」

　野間崎管理官が言った。

「ひったくり犯にかかる緊配については、通信指令本部に加えて、この私が直接電話で指示したはずだ。だから、解除の相談もこの私にしなければならない。それが筋だろう」

　まず自分に連絡しなかったことが面白くないということだろう。

　貝沼副署長が言った。

「では、今ここで報告させていただきます」

　野間崎管理官がそれにこたえる。

「事後報告で済む問題ではない」

「では、どうすればよろしいのでしょう」

「斎藤警務課長にも言った。元に戻すんだ」

「元に戻す……？」

「そうだ。ひったくり犯の緊急配備はまだ解除されていない。大森署もそれに従ってもらう」

　貝沼副署長の顔色が変わった。

「今事情はご説明申し上げました。大森署は管内で発生したタクシー強盗事件を優先させなければばなりません」

「ひったくり犯の緊配を解除したことに、方面本部長もお怒りだ。事情がどうあれ、方面本部の命令に従ってもらう。いいな」

貝沼副署長の返答を待たずに、野間崎管理官はくるりと踵《きびす》を返し、出入り口に向かった。

貝沼副署長と斎藤は、立ち尽くしたままその後ろ姿を見つめていた。野間崎管理官の姿が見えなくなっても、二人はしばらく呆然としていた。

やがて、斎藤が言った。

「どうしましょう」

貝沼副署長は、どっかと腰を下ろした。怒りの表情だ。彼がこうして感情を顔に出すのは珍しいことだ。

「どうもこうもない……」

そう言って彼は考え込んだ。

斎藤は言った。

「これまでは竜崎署長が野間崎管理官に対する防波堤になってくれていたのですが……」

貝沼副署長が思案顔のまま言った。

「竜崎署長がいないのでやってきたんだ」

「は……？」

「野間崎管理官だよ。竜崎署長がいたら、あんな無茶は言ってこなかったはずだ」

「方面本部の権威を示したいということでしょうか……」

「そうなのだろうな。ああいうことをすると逆効果なのに気づいていないんだ。竜崎署長の前ではおとなしかったので、心を入れ替えたのかと思っていたのだが……」

「管理官だけでは、ああはいかないと思います。弓削《ゆげ》方面本部長が後ろ盾になっているのでしょう」

「何にしろ、方面本部の指示には従わなければならない。久米地域課長と関本刑事組対課長を呼んでくれ」

「はい」

斎藤は近くにあった電話を使って連絡した。二人は、すぐにやってきた。

「お呼びですか？」

久米課長が言うと、貝沼副署長がこたえた。

「今、方面本部の野間崎管理官が訪ねてきた。ひったくり事件の緊配を解いたのが気に入らないそうだ」

久米課長が即座に言った。

「そんなことを言われても、どうしようもないですよ」

関本課長は戸惑った様子だった。

「タクシー強盗の緊配に切り替えたんでしょう？」

貝沼副署長が言う。

「通信指令本部の管理官に了承を取ったので、問題ないと判断してしまった。私のミスかもしれない」

それに対して久米課長が言った。

「通信指令本部に話を通したんだから、問題ないでしょう。組織的には、方面本部よりも警視庁本部のほうが上位なわけですから」

「そういう問題じゃないようだ。つまり、方面本部は面子《メンツ》を潰されたと思っているのだろう。大森署が勝手なことをしたと言いたいわけだ」

関本課長が渋い表情で言った。

「竜崎署長がいるときには、大森署が方面本部の指示に逆らうことがありました。竜崎署長がいなくなったので、その意趣返しをしているということでしょうか」

貝沼副署長が言う。

「ばかばかしい話だが、それは否定できないかもしれないな」

久米課長が憤然として言う。

「本当にばかばかしい話ですね」

貝沼副署長が溜め息をついた。

「だが、所轄署は方面本部には逆らえない。野間崎管理官の指示に沿って対処しなければならないわけだが……」

「具体的にはどういう指示なんです？」

「元に戻せと言っている。つまり、ひったくり犯の緊配を維持しろということだ」

「タクシー強盗のほうはどうするんです？　通信指令本部の指示ですよ」

「だから、そっちも解除はできないわけだ」

「そんな……」

貝沼の言葉に、久米課長は腹を立てた様子だった。「地域課は一杯いっぱいですよ。一度に二つの緊配なんてできるはずがありません」

「それはわかっているんだが……」

貝沼副署長が関本課長に尋ねた。「タクシー強盗のほうはどうなんだ？　そっちがスピード逮捕ということになれば、野間崎管理官の要求にもこたえられるわけだが……」

関本課長は渋い表情だ。

「いや、そういうわけにはいかないですね。こちらも緊配が必要だと思います」

3

「タクシー強盗の経緯を説明してくれ」

貝沼副署長が言うと、関本課長が話しはじめた。

「午後五時頃のことです。タクシーの客が運転手を脅して金を盗みました。金額は約四万円。タクシーの運転手は、揉み合った際に軽傷を負っています」

「運転手は犯人の顔を見ているんだな？」

「はい。犯人の人着《にんちゃく》はドライブレコーダーにも録画されています」

「ならば、すぐに犯人が特定できそうなものだ……」

「犯人の特定を急ぐとともに、足取りを追うことが重要です。そのためにも緊配が必要だと思います」

そこまで言ったとき、関本の携帯電話が振動した。

関本は副署長の前なので、出ようかどうか迷っている様子だ。それに気づいた様子で、貝沼副署長が言った。

「電話だろう。かまわないから出なさい」

「はい」

関本課長は携帯電話に出ると、相手に言った。「今は、副署長席だ。……ああ、わかった」

電話を切ると、彼は副署長に言った。

「知能犯係の船井からです。至急報告したいことがあると……」

貝沼副署長が尋ねた。

「船井？　知能犯係が何の件だ？」

「戸高と揉めていた件です」

「時計の詐取など後回しにしたらどうだ？　今はひったくり犯とタクシー強盗のほうを優先すべきだろう」

関本課長がこたえた。

「どうしても急ぎで報告したいと……。今、船井はこちらに向かっています」

その船井が小走りにやってきた。息を切らしている。

関本課長が船井に言った。

「事情はご存じだから、副署長にご報告しろ」

船井が貝沼副署長に言った。

「女性から時計を詐取したという男の身柄を取って話を聞きました。すると、思ってもいなかった情報が……」

貝沼副署長が言った。

「もったいぶらなくていいから、早く言いなさい」

「その男が、品川署のひったくり犯を知っていると言うのです」

さすがに貝沼副署長も驚いた様子だ。

「犯人の身元を知っているということか？」

「はい。本人から連絡があったそうです。何でも、ひったくり犯とは高校時代からの不良仲間で、二件の事件があった直後に連絡があったということです」

「信憑性は？」

「今裏を取っていますが、間違いないと思います」

「それで、ひったくり犯の氏名は？」

「前島猛《まえじまたけし》。年齢は二十八歳です」

斎藤は言った。

「その情報を交換条件に使えませんかね？」

貝沼副署長が聞き返した。

「交換条件？」

「野間崎管理官です。犯人の身元を教える代わりに、緊配を免除してもらうんです」

貝沼副署長はきっぱりとかぶりを振った。

「そんなことは許されない。犯人の身元情報は別の話だ。すみやかに品川署に連絡すべきだ」

斎藤はそう言われて間違いに気づき、反省した。

「おっしゃるとおりです。申し訳ありません」

貝沼副署長が関本課長と船井に言った。

「前島が大森署管内に逃走してきた可能性もある。至急手配してくれ」

関本課長がこたえた。

「了解しました」

関本課長と船井は、貝沼副署長に一礼して、その場を去って行った。

久米地域課長が言った。

「ひったくり犯の身元が割れたということは、タクシー強盗のほうを後回しにするということですかね……」

貝沼副署長は、再びかぶりを振った。

「どちらも後回しにはできない」

「では、どうするんです？」

久米地域課長に尋ねられて、貝沼副署長はこたえに窮している。

それを見て斎藤は言った。

「野間崎管理官に、もう一度お話しになってはどうでしょう」

貝沼副署長がこたえた。

「野間崎管理官を説得しようとすれば、きっと弓削方面本部長が出てくる。すると、私ではどうすることもできない」

貝沼副署長は警視。一方、弓削方面本部長は警視正だ。この差は大きい。

久米課長が言った。

「竜崎署長なら、押し切れたでしょうね。なにせ警視長でしたから……」

貝沼副署長がこたえる。

「階級だけの問題じゃない。あの人なら切り抜けられただろうな」

斎藤は、ずっと考えていたことを、思い切って言うことにした。

「署長に相談してはどうでしょう？」

貝沼副署長が言った。

「だが、新署長はまだ着任していない」

「ですから、竜崎署長に……」

貝沼副署長が小さい目を丸くした。

「ばかを言うな。あの人はもう神奈川県警の刑事部長になったんだ。もし、相談をするとしても、新任の署長のほうだろう。さきほど、君自身がそう言ったじゃないか」

「しかし、竜崎署長……、いえ、竜崎部長は大森署や第二方面本部の事情をよくご存じです」

「かといって、相談するのは筋違いだ」

「たしかに、筋違いなのですが……」

久米地域課長が言った。

「今のままでは地域課は動きようがありません。ひったくり犯の緊配かタクシー強盗の緊配か、早く決めてください」

その言葉を受けて、斎藤は言った。

「やはり、署長に相談しましょう」

貝沼副署長が思案顔で言う。

「新署長がどういう人なのかわからない。対処できるかどうか……。かといって、竜崎部長に相談するのは、さっきも言ったように筋違いだ」

「それなら、副署長は新任の署長に連絡をしてみてください。私は、竜崎部長に電話をしてみます」

「どうして君が……」

「副署長が署長に電話をするからには、組織上公式な問い合わせということになってしまいます。公式な電話は新任の署長のほうにかけるべきです。一方、私が神奈川県警の刑事部長にかける電話は、非公式ということにできますから……」

貝沼副署長はしばらく考えていた。

久米地域課長と斎藤は、無言で貝沼副署長の言葉を待っていた。

やがて彼は言った。

「よし、それでいこう。新任の署長に電話をつないでくれ」

斎藤は、それを警務課の係員にやらせ、自分は携帯電話で竜崎にかけた。

「竜崎だ」

「あの……。大森署警務課の斎藤ですが……」

「着信の表示でわかっている。用件は？」

「すでに神奈川県警刑事部長でいらっしゃるので、大森署内のことを相談するのはおかしいですよね」

「大森署内のことを相談？　そうだな。新任の署長がいるのだろうから、その人に相談すればいい」

「ところが、新署長の着任が遅れているんです。北海道警から赴任してこられるのですが、到着が遅れ、今日一日署長席が空席となるのです。それで、貝沼副署長といろいろ話し合ったのですが……」

「署長席が空席……」

「はい」

「ならば、私が聞くしかないな」

竜崎があまりにあっさりと言ってのけたので、斎藤は驚いた。

「え、よろしいのですか？」

「相談したくて電話してきたんだろう」

「それはそうですが……」

「一両日中なら、残務整理ということで認められると思う。それで、何事なんだ？」

斎藤は順を追って説明した。

まず、品川署管内で二件のひったくり事件があり、緊急配備が敷かれたことを告げた。その後、大森署管内でタクシー強盗事件が起き、通信指令本部からそちらの緊急配備の要請があったことを説明した。

「二つの事案の緊配を同時にやることは不可能です。それで、通信指令本部に申し入れて品川署のひったくりについての緊配を解除させてもらいました。すると野間崎管理官が怒鳴り込んで来ました。緊急配備の態勢を元に戻せと言うんです。ひったくり事件の緊配については、野間崎管理官から直接指示があったんです。なのに、方面本部を無視するような形で解除してしまった。それで腹を立てたようです」

「現在は、タクシー強盗にかかる緊急配備を敷いているんだな？」

「はい。そうです。その忙しい最中、戸高がいろいろと問題を起こしまして……」

「戸高が……？」

「ええ。まずストーカー対策チームのことなんですが……。戸高が根岸をほったらかしだと言うんです。さらに、知能犯係の船井と揉め事を起こしました」

斎藤は、時計を詐取されたと女性が被害を訴えてきた件について説明した。そして、最後に付け加えた。

「時計を詐取したとされる男性から船井が話を聞いたところ、意外な展開がありました。品川署のひったくり犯は、どうやらその男性の知り合いらしいんです」

その経緯も詳しく話した。

話を聞き終えると竜崎が言った。

「まあ、同じ地域の元不良同士ということで、考えられないことではない。……それで、俺に何を聞きたいんだ？」

「最大の問題は、緊配をどうするか、です。方面本部に逆らうわけにはいきません。かといって野間崎管理官の言うとおりにしていたら、大森署はパンクです」

「放っておけ」

この竜崎の言葉に、斎藤は耳を疑った。

「は……？　放っておけ、ですか？」

「そうだ。放っておけばいいんだ」

「しかし、そんなことをしたら、また野間崎管理官が怒鳴り込んで来ます。さらに、誰かが処分されるかもしれません」

「言葉が足りなかった。現状維持でいいと言いたかったんだ」

「でも、それでは……」

「俺は戸高の嗅覚に賭ける」

「どういうことですか？」

「時計詐取の件だ。戸高はそれに何かひっかかるものがあったんだろう。理屈じゃない。まさに刑事の嗅覚だ。だから、先輩の船井に嚙みついたりしたんだろう。その結果、そこからひったくり犯の身元割り出しにつながったんだろう」

「はあ……」

「俺はさらに先があると思っている」

「先とおっしゃいますと……？」

「ひったくり犯の前島の足取りはまだつかめていないんだな？」

「まだです」

「大森署管内に逃走した可能性があるという通信指令本部と方面本部の考えは正しいと思う。そして、もしそうだった場合、大森署管内でも犯行に及ぶ恐れもあるわけだ」

「そうですが……。あ……」

斎藤は気づいた。「もしかして、タクシー強盗も前島の犯行だと……」

「その可能性はおおいにある。そして、今大森署はその可能性に賭けるしかない。ひったくり犯とタクシー強盗両方の緊配は無理だと言ったが、同一犯だとしたら何の問題もなくなる」

「そうでなかった場合は？」

「賭けるしかないと言っただろう。どうせ二件同時の緊配は不可能なんだろう？　不可能なことをあれこれ考えるよりも、できることをやるしかない」

「おっしゃるとおりです」

「つまり、前島猛を対象とした緊配。それだけでいいということだ」

不可能なことをあれこれ考えるよりも、できることをやるしかない。言われてみればそのとおりなのだが、なぜかそれに気づかずにいた。

「では、そのように指示します」

「戸高と根岸の件だがな……」

「はい」

「戸高は意味もなく仲間を放り出すようなやつじゃない。戸高が根岸をほったらかしなのだとしたら、それは戸高がそうしていいと判断したからだろう。一度、戸高ではなく根岸から話を聞いてみればいい」

そういえばまだ、根岸本人から話は聞いていなかった。

「了解しました」

「じゃあな」

電話が切れた。そっけないが、それがいかにも竜崎らしいと斎藤は思った。

貝沼副署長が言った。

「新署長は、事情がよくわからないから、私に任せるということだ。竜崎署長、……いや、竜崎部長のほうはどうだ？」

斎藤は、即座に竜崎の言葉を伝えた。

それはまるで魔法のように、重苦しい空気を吹き払った。たちまち貝沼副署長の眼に精気が戻る。彼は斎藤に指示した。

「タクシー強盗の際に犯人の映像が録画されていたんだったな。前島猛の顔写真とすぐに照らし合わせるように、関本刑事組対課長に指示するんだ」

「了解しました」

それから、貝沼副署長は久米地域課長に言った。

「聞いたとおり、緊配の対象は前島猛だ」

久米課長が力強くこたえる。

「了解しました」

久米課長が持ち場に戻り、斎藤も席に戻った。

タクシー強盗犯が前島猛で間違いないことが確認されたのは、それからほどなくのことだ。竜崎は賭けに勝った。

いや、本人は「賭け」と言ったが、もともと蓋然性は高いと踏んでいたに違いないと、斎藤は思った。

対象者の氏名や人相が判明したので、緊急配備の効果も高まる。午後七時二十八分に、被疑者確保の知らせが入った。

身柄を確保したのは、戸高たち強行犯係だった。緊急配備中の地域課係員が発見し、強行犯係との連携で身柄確保に至った。

貝沼副署長がまず、野間崎管理官に電話で報告。つづいて、通信指令本部の管理官に報告することで、緊急配備は解除された。

いつものことだが、竜崎の一言で、それまで思い悩んでいたことが嘘のように解決してしまう。まさに魔法だと斎藤は思った。


その翌日、斎藤は根岸を席に呼んだ。

根岸は気をつけをしたまま言った。

「お呼びでしょうか」

「ああ、ちょっと、ストーカー対策チームについて話を聞きたいと思ってな」

「はい」

「最近、戸高とはどうだ？」

「変わりありません」

根岸の言葉も眼差しも、常に真っ直ぐだ。斎藤は思わずたじろぎそうになる。

「そうかね。このところ、戸高はあまり、その……、君と関わっていないという噂もあるんだが……」

「いっしょに行動することが少なくなったのは事実です」

「チーム内では彼と組んでいるんだろう？」

「二人とも、もともとの仕事がありますから、話し合ってやり方を決めたんです。訴えや相談があったら、私が話を聞く。そして、それに戸高さんが対処する。それで効率がよくなり、管内ではストーカーに関する被害が減りました。もちろん難しい局面があれば、二人で対処します」

「効率がよくなった……」

「はい。いつまでも俺がくっついていることはない。戸高さんはそうおっしゃいました」

つまり、根岸を独り立ちさせたということだろう。

斎藤は言った。

「わかった。引き続きよろしく頼む」

「はい」

根岸は一礼して去って行った。

竜崎の言うとおり、根岸に話を聞いてよかったと、斎藤は思った。

新署長を乗せた公用車が到着するという知らせがあったのは、その日の午後三時頃のことだった。

新署長は羽田空港から一度警視庁本部に寄り、それから大森署にやってくるという。貝沼副署長と、斎藤以下警務課係員数名で公用車の到着を待った。

「来ました」

警務課係員の一人が告げた。

公用車が大森署の玄関前に到着する。警務課係員が後部座席に駆け寄りドアを開ける。車から下りてきた制服姿の新署長を見て、貝沼副署長がしばし言葉を失ったように立ち尽くした。

斎藤も同様だった。

女性キャリアだとは聞いていた。だが、その容姿については考えもしなかった。新署長は貝沼副署長や斎藤が啞然《あぜん》とするほどの美貌の持ち主だったのだ。

「あら、お出迎えごくろうさま。藍本百合子《あいもとゆりこ》よ。よろしくね」

貝沼副署長が慌てた様子で言った。

「あ、はい……。警務課の者が署長室にご案内します」

「ありがとう」

新署長は係員にいざなわれ、優雅に署内に向かった。

その後ろ姿を見て、斎藤は言った。

「おっしゃるとおり、うちの署は、個性豊かな署長がやってきますね」

貝沼副署長がこたえた。

「そうだな。だが、どんな署長がやってこようと、ただひたすら任務をこなすだけだ」

二人は、署長室に向かった。

藍本署長は着任の報告の後に言った。

「署長は初めてだから、わからないことだらけよ。いろいろと教えてくださいね」

貝沼はこたえた。

「何なりとお訊きください」

「お願いしますね」

そのとき、警務課の係員がやってきて告げた。

「野間崎管理官がお見えです」

藍本署長が尋ねた。

「野間崎？　どこの管理官ですか？」

斎藤がこたえた。

「第二方面本部です」

「あら、お通しして」

すぐに野間崎が署長室にやってきて言った。

「新任の署長がいらっしゃるというので、ご挨拶に……」

言葉が途切れた。野間崎の眼は藍本署長に釘付けになっている。その美貌に驚いたのだろう。

藍本署長が言った。

「わざわざご足労いただき、恐縮です。よろしくお願いします」

おそらく野間崎は、新署長を支配下に置くべく牽制をしにきたのだろう。だが、その容姿を見てたちまちその気を削がれてしまったようだ。

美貌も力なのだと、斎藤は思った。

この新署長のもと、大森署は新たな一歩を踏み出すことになる。藍本署長の方針による新たな体制でのスタートだ。

だが、大森署員の中には竜崎が残した多くの財産が、今後も生き続けるはずだ。

斎藤はそう思っていた。

内助

1

竜崎冴子《りゅうざきさえこ》は、ふと手を止めて、リビングルームにあるテレビを見つめた。

妙な既視感を覚えた。

午前十一時半からのニュースだった。大田区内で焼死体が発見されたという。夫の竜崎伸也が署長をつとめる大森署の管内だった。それでニュースに注目したのだ。

遺体は火事の現場から発見されており、身元はまだわかっていないということだった。だが、どうやら女性らしい。

火事は今日の未明のことらしく、詳しいことがわかるのはこれからだろうと、冴子は思った。もしかしたら、殺人事件かもしれない。そうなれば、捜査本部ができる可能性がある。夫は泊まり込みになるかもしれないということだ。

いつ連絡があるかわからない。宿泊の用意をしておかなければならない。主婦の幸福な時間は瞬時にして奪われた。

亭主が出かけて、昼の買い物に出るまでの時間は、自分の天下だと冴子は感じていた。主婦はやることが山ほどある。

……というか、やればやるほど、やるべきことが次々と出てくる。主婦の仕事に終わりはない。とはいえ、一日の間にエアポケットのような時間がある。今の時間帯がそうだった。いつもなら、テレビのワイドショーやニュースを眺め、昼に何を食べるか考える。ソファに座ってぼんやりできるのは、この時間帯しかない。それがこうして失われることもある。

夫は、突発的な事件に対処する仕事をしている。だから、妻の冴子もそれなりの覚悟はできていた。

今となっては慣れたものだ。いつもの小振りのボストンバッグに、三組の下着や靴下とワイシャツを一枚入れる。そして、洗面道具に手ぬぐい。

竜崎は電気シェーバーを好まないので、使い捨てのカミソリとひげそりジェルを入れる。

こうして宿泊の準備をしてみると、背広は男の制服だというのがよくわかる。着替えが実に楽だ。替えのワイシャツだけで事足りる。

もちろん、出勤するときは毎日同じネクタイをしないように気をつけたりもする。だが、捜査で泊まり込むときに、ネクタイのことを気にする者はあまりいないだろう。

荷造りを終えると、ふと冴子は、先ほど感じた既視感は何だったのだろうと思った。

まさにデジャヴだった。同じふうにリビングルームに座っていて、同じようにテレビを見ていて、そして、同じようなニュースを見たことがあるような気がした。

過去に同様な事件があったかどうか、にわかには思い出せなかった。……というより、焼け跡から焼死体が見つかることなど、それほど珍しくはないだろう。

火事があれば、焼死者が出る。それは悲しいことであり、あってほしくないことではあるが、言ってみれば仕方のないことなのだ。

冴子はそう思っている。だから、自分があのニュースに反応したのがなぜなのかわからないのだ。既視感の理由は何だったのだろう。

まあ、どうということはないに違いない。

自分が事件のことを考えても仕方がない。捜査は夫の仕事だ。冴子はそう考えて、リビングルームに戻った。テレビがまだつけっぱなしだった。

ニュースはすでに終わり、昼のワイドショーが放映されている。

家族には、見ないときはテレビを消せ、いない部屋のエアコンは切れ、トイレの電気は消せ、などとうるさく言う。だが、自分ではうっかりしたり、まあいいや、と思うことが多い。

誰だって、そんなものだろう。

冴子は、携帯電話を探した。つい、台所やダイニングテーブルに置きっぱなしにしてしまう。竜崎からの電話に気づかないといけないので、持ち歩かなければならないと思った。携帯電話は、台所にあった。手にしたとたんに、着信音が鳴った。契約したときに設定されていたままの着信音だ。

案の定、相手は竜崎だった。

「事件だ。今日は帰れなくなるかもしれない」

「テレビで見たわ。焼死体ですって?」

「ああ」

「帰れなくなるって、殺人事件ってこと？」

「捜査情報は家族にも話せない。そんなことは知っているだろう」

「着替えの用意はできているわ」

「必要なら一度取りに帰るか、誰かに取りに行かせる。じゃあ……」

電話が切れた。

そっけないが、電話をしてくるだけ進歩したとも言える。教育の賜物《たまもの》だ。

結婚した当初は、まったく連絡もなく、いったい何時に帰宅するのか見当もつかなかった。

自宅で夕食を取る日もまちまちだが、用意をしないわけにはいかない。それだけで苛立ちが募った。

娘の美紀《みき》が生まれたときに、冴子はついに爆発した。

「人がどういう思いで生活をしているのか、少しは想像したらどう。私はあなたの母親じゃないのよ」

そう詰め寄った。

竜崎はきょとんとした顔で言った。

「わかった。想像してみよう」

それからたしかに連絡が来るようになった。業務連絡のような愛想のなさだったが、それでも格段の進歩だった。

息子の邦彦《くにひこ》が生まれたときには、まだ小さい美紀のことも気づかい、連絡の頻度は増えた。

だが、相変わらず家庭のことは冴子に任せきりだった。

「公務員は国のために働いている。家庭のことは任せる」

それが竜崎の言い分だ。勝手な言い草だと思ったこともあるが、冴子は大筋で認めている。

冴子に竜崎が背負っているような重責を果たすのは無理だ。家のことを任せるというのなら、引き受ける。その代わり、私のやり方でやらせてもらう。口出しは無用だ。冴子はそう決めたのだ。

それ以来、竜崎家はまあまあうまくいっている。

冴子は台所に行き、昼食の用意を始めた。一人で食べるので、徹底的な手抜き料理だ。時には昼を抜くこともあるが、今日は食べることにした。

食事の用意をしながら、再び火事のことを思い出した。

自分は火事や焼死体そのものではなく、アナウンサーが言った何かの一言に反応したのかもしれない。

冴子はそう思った。

いったい、どんな言葉に反応したのだろう。食事をしながらも考えた。リビングのテレビをつけた。

竜崎家では、食事時にテレビを見るのは普通のことだ。会話がなくなるから食事のときにテレビをつけないという家庭もある。冴子の育った家庭もそうだった。

だが、竜崎はそんなことには頓着しない。

「テレビをつけていようがいまいが、会話が必要ならする」

彼はそう言う。会話は環境に左右されるようなものではなく、必要ならすればいいだけのことだと言うのだ。

昼のニュースをやっている。

大田区の火事と焼死体のニュースが再び流れた。

さすがに先ほどのような既視感はなかった。だが、やはり何かひっかかるものがある。

自分が事件のことを考えても仕方がない。捜査は夫に任せておけばいいのだ。

そう思って、ニュースのことを頭から追い出そうとした。

食器を洗い、リビングのソファで一休みする。サラリーマンや公務員だって昼休みがあるのだから、主婦も食休みくらいは許されるはずだ。

洗濯はたいてい午前中に済ませるので、午後は掃除の続きと買い物などの外出だ。忙しい主婦の生活が再開される。

一息ついたのは、買い物から戻った午後五時過ぎのことだ。

美紀や邦彦がまだ中高生の頃は、夕方には帰ってくるので、それなりに手がかかった。美紀は就職して毎日帰りが遅い。

就職先は広告代理店で、ブラック企業なのではないかと思うが、本人はけっこう楽しそうに働いているので、別に何も言うことはない。

ただ結婚は遅くなりそうだと予想していた。

邦彦も大学生になり、サークルだ、飲み会だと帰りが遅い日が多い。

結局一人で夕刻を過ごすことが多くなった。夕食を一人で食べることも珍しくはない。

淋しいと思ったことはなかった。むしろ、冴子は一人の時間を楽しんでいた。結婚して以来、そんな余裕はなかった。子供が手を離れ、竜崎が幹部になってから、ようやく自分だけの時間を持つことができるようになったのだ。

好きなテレビ番組やDVDを見たり、読書を楽しんだりできる。それは、至福の時間だった。

夕食の仕度を始めようと思っていると、携帯電話が鳴った。竜崎からだ。

「はい、どうしたの？」

「八時から捜査会議だ。ちょっと時間があるから、いったん自宅に戻る」

「夕食は？」

「食べる」

「わかった」

電話が切れた。やはり、愛想がない。

八時から捜査会議ということは、捜査本部ができたのだ。今夜は泊まりだろう。

テレビで夕方のニュースが始まった。

火事と焼死体の続報があった。大森署と警視庁は殺人事件と見て、捜査を始めたということだ。

被害者の身元も判明しており、二十八歳の女性だった。

アナウンサーの声を聞いているうちに、またデジャヴを起こした。

やはり、過去に同様の事件についての報道を聞いたことがある。それがどんな事件だったのか思い出せない。

既視感に襲われるということは、過去によほど印象に残った事件があったということだろう。

なのに、それに思い当たらないというのは不思議だ。

火事や焼死体について、過去に何か強く感じたという記憶がない。

もやもやした気持ちのまま、夕食の仕度を始めた。


夫は、午後六時過ぎに帰宅した。

美紀は今日も帰りが遅いという。邦彦も友人との飲み会だ。

二人で夕食を食べることになる。

竜崎はいつものように、ニュースを見ながら食事をする。

冴子は言った。

「ニュースを見ていると仕事のことを思い出すでしょう」

「もちろん思い出す」

「仕事のことを考えながら食事しても、おいしくないんじゃない？」

「そんなことはない。何を考えていようと、おいしいものはおいしいし、まずいものはまずい」

冴子は、今さらそのこたえにも驚かない。

ニュースで、また、焼死体の件が流れた。

「殺人事件だったのね」

「そうだ。捜査本部ができる。八時の会議には伊丹《いたみ》も来るそうだ」

伊丹俊太郎《しゅんたろう》は竜崎と同期の警視庁刑事部長だ。

冴子は、迷った末に、話してみることにした。

「ねえ、ちょっと気になることがあるんだけど」

竜崎はテレビの画面を見ながらこたえる。

「何だ？」

「火事と焼死体のこと」

「ああ……」

生返事だ。冴子はまず、昼前のニュースを見て、妙な既視感があったことを説明した。

竜崎がようやく冴子に眼を向ける。

「既視感？　どういうことだ？　事前にその事件のことを知っていたというのか？」

「そんなＳＦみたいなことがあるわけないでしょう」

「わからんぞ、人間、いつ特殊な能力が開花するかわからない」

「本気で言ってるの？」

「ある程度は本気だ。超能力などばかばかしいと否定する連中もいるが、俺は否定する根拠がなければ、否定はしない」

「おそらく、過去に似たような事件があって、その報道を見聞きしたときに感じたのと、同じことを感じた、ということだと思うの」

「それはどんな事件なんだ？」

「それが思い出せないの」

「思い出せない？　それはおかしいな。覚えていたからこそ、類似の事件だと感じたんだろう」

「そう。それが理屈よね。でも、本当に思い出せないの。過去の焼死体の事件なんて記憶にないし……」

「過去の焼死体か……」

竜崎は曖昧な口調で言った。

「警察では当然、類似の事件についても調べるのよね。似たような事件は過去になかった？」

「おい、俺をクビにする気か？　捜査情報は、相手がたとえ家族でも洩らせないんだ」

「それはわかっているけど、過去の類似の事件のことくらい、特別な捜査情報とは言えないでしょう」

「それでも捜査本部内の情報は洩らせない」

「じゃあ、考えてよ。どうして私がその事件のニュースを見たとき、デジャヴを起こしたのか」

竜崎があきれたように言う。

「おまえの頭の中のことなんてわからない」

「推理するのは得意でしょう？」

「俺は推理することとなんて、別に得意ではない」

「でも理屈に合わないことは嫌いでしょう？」

「もちろん嫌いだ」

「理由もなくデジャヴを起こすなんて、理屈に合わないじゃない」

「そうだな。理由もなく、というのは理屈に合わないな。物事には必ず理由があるはずだ」

「じゃあ、その理由を考えてよ」

竜崎は考え込んだ。そして言った。

「考えてもおそらくわからないだろう。デジャヴというのは、きわめて心理学的な出来事だ。おまえの個人的な意識に深く関わっているし、幼児体験に原因があるかもしれない」

「幼児体験？」

「深層心理というのはそういうものだ。おまえは過去に似たような事件があって、その報道を見聞きした経験が影響したのかもしれないと言った。その考え方は正しいと思う。ただ、その過去というのがいつのことなのかは不明だ。最近のことなのかもしれないし、はるか昔のことなのかもしれない。子供の頃にあった出来事の影響かもしれないんだ。おまえが子供の頃のことを、俺はほとんど知らない。だから、考えようがないんだ」

「理路整然としているけど、何のこたえにもなっていないわね」

「そんなことはない。今ここで考えても無駄だというこたえなんだ」

「わかったわ」

これが彼の合理性だ。

「それにな」

竜崎が言った。「警察がちゃんと捜査をしている。おまえがあれこれ考える必要はないんだ」

その言い方にかちんときた。そして、その一言で迷いが消えた。

実は竜崎に言われるまで、同じようなことを考えていた。自分の出る幕ではない、と。主婦が事件のことを考えたところで何も始まらない。

竜崎は事件のことを自分に話せないし、自分には妙な既視感の原因について何の手がかりもない。

何日かすれば、デジャヴのことなど忘れてしまうかもしれない。

だが、今冴子は決意した。きっとこの謎を解いてやる。もう戸惑いも迷いもない。

食事を終えると竜崎は署に戻った。

さて、行動開始だ。

冴子は思った。

2

まず、夕刊をリビングのテーブルに並べて、事件の詳細を調べることにした。竜崎家は、全国紙各紙を取っている。

火事の場所は大田区内の住宅街だった。一戸建てが全焼し、その中から焼死体が発見された。失踪していた二十八歳の女性と、歯の治療痕が一致したため、遺体の身元が判明した。だが、まだその女性の氏名は公表されていなかった。

竜崎は捜査本部ができたと言った。殺人事件ということだ。殺人の被害者で焼死体。そして、氏名が公表されない。

冴子は、性的な犯罪の被害者なのではないかと考えた。被害者の年齢から考えても充分にあり得ることだ。

強姦殺人。そしてもし、犯人が家に火を付けたのなら放火の罪になるし、遺体を焼こうとしたのなら、死体損壊の罪になるかもしれない。

警察官の妻なので、いつしかそういう知識が身についた。

事件の詳細を知るうちに、何か思い出せそうな気がしてきた。

道に迷ってしばらく歩き回っているうちに、ようやく見覚えのある場所に出たような気分だ。ただ、まだ目的地が見えたわけではない。

さらに、続報がないか、夜のニュースを見た。続報はない。つまり、警察はその後何も発表していないということだ。

数紙の新聞記事を何度も読み返し、経緯を想像してみた。だが、記事はただ警察の記者発表を文字にしただけなので、具体的なことが頭に浮かんでこない。

腕組をして考え込んでいると、美紀が帰宅した。今日は珍しく早く帰れたらしい。

「あら、新聞を並べて、何やってるの？」

「区内で火事があったの」

「火事……？」

「その現場から焼死体が発見されたの。どうやら殺人事件のようね。被害者は二十八歳の女性。おそらく性的な暴行を受けた上に殺されたんだと思うわ」

美紀は唖然《あぜん》として冴子を見つめていた。それに気づいた冴子は言った。

「なに？　どうしてそんなところに突っ立ってるの？」

「お母さん、どうしちゃったの？」

「何が？」

「今まで、どんな事件があったって、それについて調べようとしたことなんてなかったじゃない」

「ちょっと妙なことがあってね」

冴子は、今朝からの経緯を説明した。

美紀はリビングの出入り口に立ったまま話を聞いていた。それから、言った。

「とにかく着替えてくる」

「食事は？」

「済ませてきた」

美紀が部屋に行くと、冴子は、また腕組をしたまま、並べた新聞の見出しを睨んだ。

美紀が戻ってきて言った。

「つまり、今回の事件についてひっかかるものがあったということね」

「……というより、完全なデジャヴだった」

「聞いたことなかったけど、そういうことってよくあるの？」

「そういうこと？」

「デジャヴとか……」

「滅多にないわよ。精神的に不安定なティーンエイジャーじゃあるまいし」

「十代だからデジャヴが起きるというわけじゃないでしょう。私、そんな記憶ないし……」

「でも、デジャヴってどういうものか知ってるのよね」

「知ってる」

「じゃあ、いつか経験したことがあるのよ。やっぱり十代の頃じゃないの？」

冴子は、十代の頃のことをはっきり覚えているわけではない。その頃は感受性が豊かだったと、勝手に自分で美化しているだけなのかもしれない。

娘は、十代を美化しなければならないほどの年齢になっていないということか。あるいは仕事に夢中で十代の頃のことなど思い出しもしないのかもしれない。

たしかに美紀は忙しいようだ。だから、最近あまり話をしていない。帰ってきても風呂に入って寝てしまうだけだ。リビングルームにもあまり顔を出さない。

こうして話をするのは久しぶりだった。

亡くなった被害者の方には失礼に当たるかもしれないが、事件のおかげとも言える。

美紀が尋ねた。

「それで、新聞記事を調べてどうしようっていうの？」

「過去に似たような事件があって、それが気になっているのかもしれないと思って、お父さんに訊いたのよ。そうしたら、捜査情報は家族にも洩らせないって……」

「まあ、そういうもんなんでしょう」

「そして、警察がちゃんと捜査をしているから、お母さんはあれこれ考える必要はないって……」

「あら、それって、むかつくわね」

「そうなのよ。だから、調べてやろうと思って……」

「それで、お父さんは？」

「捜査本部ができたと言っていたから、たぶん泊まりね」

「じゃあ、鬼の居ぬ間に、ってわけね」

「調べたって、事件が解決するとは思えないけど、すっきりしたいのよね」

「それで、手がかりは？」

「まだ何もわからない。記事を読んで、あれこれ想像してみようと思ったんだけど……」

「昔の火事の事件とか、調べてみたら？」

「どうやって？」

「うちは、新聞社何社かと記事のネット検索の契約をしているわよね」

「ええ、たしか、お父さんが……」

「それを使うのよ」

残念ながら、パソコンだのネットだのは苦手だ。

「どうやればいいか、よくわからない」

「それは私がやる。ちょっと待って、パソコンを持ってくるから……」

美紀は部屋からノートパソコンを持ってきた。立ち上げると、さくさくと検索を始める。

「ええと……、まず大田区内の火事の記事ね……。期間はどれくらい？」

「そうね……」

竜崎は、幼い頃の記憶が影響しているかもしれないというようなことを言っていた。だとしたら、期間はずいぶんと長くなるし、地区も大田区だけではなくなる。

膨大な記事を検索するには時間もかかるだろう。

何かの手がかりさえ得られればいいと考え、冴子は言った。

「取りあえず、一年間くらいかしら」

「オーケー。一年ね」

美紀は素速くキーボードを叩き、ポインタを動かす。

「わあ、火事ってたくさんあるのね……」

十一件の記事が出て来た。

「その中で、死者が出た火事は？」

「それも多い。死者が出るほうが多いのね……」

美紀は恐ろしげに言った。

そこに、邦彦が帰ってきた。

冴子と美紀の様子を見て言った。

「何やってんの？」

冴子は、美紀に言ったのと同じことを邦彦にも伝えた。男の子は女の子とは違う反応を見せる。

「へえ……」

邦彦は、興味なさそうな顔で言った。「何か食うものない？」

美紀が言う。

「あんた、飲み会だったんじゃないの？」

「飲んできたけど、なんか腹減ったんだよ」

若いのだから仕方がないと思う。冴子は言う。

「夜の残りがあるわ」

「それでいいよ」

「今、温める」

冴子が言うと、それを制して美紀が言った。

「お母さんは忙しいんだから、あんた自分でやりなさい。どうせ、遊んできたんでしょう」

「遊んできたというか、付き合いだよ」

「いいから、何か食べるなら自分で用意しなさいよ」

「わかったよ」

邦彦が台所でごそごそ始める。美紀が冴子に言った。

「夕食時にいなかったんだから、自分で用意すればいいのよ。それより、この記事を見て、何か思い出さない？」

この子は、だんだん父親に似てくる。冴子はそんなことを思いながら、七件並んでいる記事を順に見ていった。

何も思い浮かばない。冴子はかぶりを振った。

「じゃあ、もっと検索の時期を広げてみようか。三年くらいに……」

「ちょっと待って……」

冴子は言った。なんだか、それでは意味がないような気がしてきた。

「火事じゃないのかもしれない」

「火事じゃない……？」

「テレビのニュースで、アナウンサーの何かの言葉に反応したんだと思う」

「どんな言葉なのかしら……」

冴子はふと気づいて言った。

「あなた、お風呂入って寝なきゃ」

「お母さん。今日は金曜日。明日は休みよ」

「珍しいわね。土日はたいていイベントに駆り出されるのに……」

「私もぼちぼち、そういう役目からは解放される時期なのよ」

明日美紀が休みだと聞いて、なぜか冴子もほっとしていた。

「そうなのね」

「だから、とことん付き合えるわよ」

「そんな必要はないわよ」

「火事とか焼死体とかじゃなくて、別なことに反応したのかもしれないと言うのね？」

「そう思うわ」

「何なのかしらねえ……」

そのとき、邦彦がまた顔を出した。もう食べ終わったらしい。彼はぶっきらぼうな口調で言った。

「焼けたの、空き家だったんだろう？　それなのに焼死者が出たんだ」

美紀が邦彦に言った。

「被害者はたぶん暴行されたあとに、殺されたんじゃないかってお母さんが言うのよ。殺人事件よ」

そのとき、冴子は「あっ」と声を上げていた。

美紀と邦彦が同時に冴子を見た。美紀が尋ねる。

「どうしたの、お母さん」

「それよ……」

冴子は邦彦を指さして言った。邦彦は訳がわからないといった顔で冴子を見返している。

「それって、何のことだよ」

邦彦に言われて、冴子はこたえた。

「空き家よ。アナウンサーの空き家という言葉に反応したんだわ」

美紀がぽかんとした顔で言う。

「空き家……」

「そう。空き家に関連した事件がないかどうか、検索してみて」

「空き家は、このところけっこう問題になっているから、関連記事は多いかも……」

「空き家問題の記事じゃなくて、空き家が絡んだ事件の記事よ」

「わかった」

美紀がパソコンのキーを叩く。その姿を見ながら、邦彦が言った。

「何だか知らないけど、俺、役に立ったようだな」

冴子は言った。

「たまには役に立ってもらわないとね」

邦彦は肩をすくめてから、リビングルームを出て行った。自分の部屋に行ったのだろう。

美紀が言った。

「やっぱり空き家問題の記事はたくさんあるけど、関連の事件となると、極端に少なくなるわね」

「何件くらいある？」

「この一年間では、一件だけ。殺人事件よ」

冴子は思い出した。

「空き家の中で遺体が発見された件ね」

「そう。殺人事件だけど、犯人はまだつかまっていない」

「その記事を見せて」

美紀は、ノートパソコンのディスプレイを冴子に向けた。冴子は表示されている新聞記事を読みはじめた。

横書きになっただけで、新聞記事という感じがしなくなる。できれば、新聞の切り抜きのように、紙面をそのまま表示してもらえないだろうかと、冴子は思う。

新聞の記事のレイアウトは、ぱっと見てすぐに把握できるように、さまざまな工夫がされているそうだ。

字詰めも速読できるように考え抜かれているらしい。だから、冴子の世代には読みやすいし、見出しでたいていのことが理解できる。

だが、横書きになり、見出しの大きさも均一になってしまうと、すぐに頭には入ってこないのだ。

若い世代にとっては横書きのほうが読みやすいのだと言う。漫画のフキダシは縦書きなので、小学生にとっては、漫画ですら読みにくいのだという話を聞いたことがある。

殺人の被害者は、三十歳の女性だった。やはり性的暴行の痕跡があったということだ。

「思い出した……」

冴子は言った。「このニュースをテレビで見たとき、空き家は危険だと思ったの。空き家さえなければ、女性が被害にあわなかったかもしれない、なんて思った……。きっと、今朝も同じことを考えたんだと思う。だから、既視感があったんだわ」

「でも……」

美紀が眉をひそめる。「デジャヴを起こしたとき、お母さんは焼死体が殺人の被害者だってことを、まだ知らなかったんでしょう？」

「だから、殺人の被害者がどうのという話じゃないの。かつて、空き家が殺人の現場になった。そして、今度は空き家が火事になった。空き家が何かとトラブルのもとになっている。そのことが気になったのよ」

「なるほどね。そうしたら、今回も殺人事件だったということね」

冴子はうなずいた。

「前の事件が起きたのが、ちょうど一年ほど前ね。同じ犯人かしら……」

美紀の言葉に、冴子はきっぱりとうなずいた。

「同じ犯人だと思う」

「根拠は？」

「共通点が多いでしょう。両方とも若い女性を狙った犯罪よ。そして現場が空き家だった」

「女性を襲って殺そうと思ったら、人気のない場所を選ぶでしょう。たまたまそれが空き家だったということもあり得るわ」

「でも、手口が似ていると思う」

「確証はないわ。こういう犯罪はどれも手口が似ていると思う」

「あなた、言うことが本当にお父さんに似てきたわね」

「似てる？」

「理屈っぽいところがそっくり」

「そうかしら」

「とにかく、これは同一犯だと思う。だからこそ、既視感があったんだと思うわ」

「お母さんの既視感は、根拠にはならないでしょう」

「確かだと思う。警察官の妻の勘よ」

「それも当てにはならない」

「問題は、犯人が誰かってことよね」

美紀が驚いた顔になった。

「なあに。デジャヴの理由を知りたいだけじゃなかったの？」

「せっかくここまで調べたんだから、もっと調べてみたいじゃない」

「それこそ、お父さんたち警察の仕事よ」

「もちろん、それはわかってる。お父さんの仕事の邪魔はしないわ」

「お母さんの道楽ってこと？」

「まあ、そういうことかしら……」

「道楽で犯罪捜査に関わるなんて、すごく不謹慎だと思う」

「じゃあ、道楽という言い方はやめるわ。純粋な好奇心ね」

美紀があきれた顔で言った。

「あたしの手伝いは、ここまでね」

「ちょっと待って。検索した記事をプリントアウトしてちょうだい」

「しょうがないわね」

美紀は再びパソコンを操った。美紀と邦彦、それぞれがプリンターを持っていて、美紀は自分の部屋から印刷された記事を持ってきてくれた。

「じゃあ、お風呂に入るね」

美紀がリビングルームから去り、一人になった冴子は印刷された新聞記事を繰り返し読んだ。

そして、過去と今朝の両方の犯罪の経緯をつぶさに想像してみた。

警察官のように実際の犯罪現場を知っているわけではない。想像の内容はテレビの二時間ドラマと大差ないだろう。

それでも恐ろしかった。

都会の空き家。それは、防犯上の死角だ。住宅地は繁華街に比べて犯罪も少なく安全だという認識がある。

そこに、突然出現する危険ゾーンだ。通行人の視線から隔絶した空間なのだ。空き家には、老朽化による事故だけでなく、さまざまな危険が潜んでいるのだ。

犯人はその空き家に眼をつけたのだろう。

前回の犯行で捕まらなかったので、味をしめたということだろうか。では、なぜ犯人は捕まらなかったのだろう。

殺人などの重要事案の検挙率は依然として高い。性犯罪の場合は遺留品も多いと聞いている。

その日、冴子は深夜まで集めた新聞記事を見つめて考え込んでいた。大田区の地図も参照した。

そして、次第に頭の中であるストーリーが形成されていった。

3

翌日は土曜日で、美紀は遅くまで寝ており、邦彦は用事があると言って朝早くに出かけて行った。

冴子はゆっくりと朝食を食べ、テレビのニュースを見ていた。火事と焼死体についての続報はなかった。

捜査はどこまで進んでいるのだろう。

昨夜、冴子の頭に浮かんだ筋書きは、推論と呼べるほど理屈の通ったものではない。だが、充分にあり得る話だと思っていた。

昼近くに美紀が起きてきて、朝昼兼用の食事をとった。

思いついたことを、美紀に話してみようかと思った。だが、笑われるのがオチだという気がした。

「今日の予定は？」

冴子が尋ねると、美紀がこたえた。

「休息。とにかく、体と頭を休めるわ」

そう言って部屋に閉じこもった。

冴子は、昨夜考えたことをもう一度検討してみた。一晩経って冷静になると、なんとばかばかしいことを考えていたのだろうと思うようなこともある。

考えれば考えるほど、ありそうな気がしてきた。警察ではどう考えているのだろう。もう容疑者は浮かんでいるのだろうか。

自分の考えと比較してみたい。だが、捜査情報を知ることはできない。まさか、こちらから竜崎に連絡を取るわけにはいかない。犯人が逮捕されたときに、はじめて、自分の考えが合っていたかどうかを確認できるだろう。

そう、それでいいのだ。

冴子はそう思い、買い物に出かけようとした。

そのとき、携帯電話が鳴った。竜崎からだった。

「どうしたの？」

「今日の夕方帰宅する。夕食はうちで食べる」

「事件が解決したの？」

「いや、そうじゃない。また署に戻る。昨日と同じで、捜査会議までちょっと時間がある」

「わかったわ」

「じゃあ……」

電話が切れた。

容疑者のことを訊きたかったが、尋ねたとしてもどうせこたえてはくれないだろう。

夕食はいつもどおり用意をしなければならない。今のうちに買い物に行こう。冴子は立ち上がった。


「夕食を済ませたら、またすぐに署に戻る」

竜崎は帰ってくると、そう言った。

夕食までの時間、彼はリビングルームで新聞を読んでいる。ニュースをやっていない時間帯は、あまりテレビをつけない。

「あら、お父さん」

美紀が自分の部屋から出て来て言った。「帰ってたの？」

「すぐにまた署に戻る。おまえこそ、早いじゃないか」

「今日は休みよ」

邦彦は帰ってこない。三人で食卓を囲んだ。

ニュースが放映される時間なので、竜崎はテレビのスイッチを入れた。

美紀が言った。

「事件はどうなったの？」

竜崎はテレビに眼をやったままこたえる。

「捜査中だ」

「犯人の目星は？」

臆することなく、こういう質問をできるのは、娘の強みだと、冴子は思う。竜崎も平然とこたえる。

「まだわからない」

「あら、お母さんは見当がついたみたいよ」

竜崎が視線を、テレビから美紀に移した。それから、冴子を見る。

「見当がついたって、どういうことだ？」

冴子は小さく肩をすくめただけだった。代わりに美紀がこたえた。

「お母さんは、昨日、ずっと事件のことを調べていたの」

竜崎が冴子に尋ねる。

「どうしてそんなことを……」

冴子はこたえた。

「既視感が気になって……。最初はその理由を知ろうと思ったの。それが判明したら、次に事件そのものについて調べたくなって……」

「犯人の見当がついたというのはどういうことだ。警察はまだ、容疑者も参考人も発表していない」

「容疑者を特定したわけじゃない。犯人はどういう人なのかを考えたわけ」

「犯人像を割り出したということか。プロファイリングだな」

「そんな大げさなものじゃないわ」

「聞かせてくれ」

「驚いた。あなたがそんなことを言うとは思っていなかった」

「どうしてだ？」

「警察がちゃんと捜査をしているから、私があれこれ考える必要はないと言ったでしょう」

「必要はない。だが、考えたのなら、聞かせてほしい。捜査の参考になるかもしれない」

「素人の考えが参考に？」

「いつどんなものが参考になるかわからない。私は捜査に役立つのなら何でも利用する」

冴子は、話しはじめた。

「まず、既視感の理由について話すわ。原因は、過去にあった殺人事件よ」

冴子は、かつて区内で起きた強姦殺人事件について話した。

「その事案のことは、もちろん覚えている。だが、その事案と今回の事案との関連がわからない」

「空き家よ。犯行の現場がどちらも空き家だったの」

「たしかにそうだが、それが関連と言えるかどうか……」

「私がデジャヴを起こしたのは、理屈じゃないから……」

「たしかに感覚的なものだろうな」

「そして、私は二つの事件について考えてみた。すると共通点が多いことに気づいたの。まず被害者に共通点がある。現場に共通点がある。犯行の方法にも共通点があるように思えるの」

竜崎は驚いたように言った。

「待て。二つの事件の犯人が同一だというのか？」

「そう考えても不自然じゃないと思う」

「捜査員でそんなことを言いだしたやつはいない。その空き家殺人のことなど、誰も言い出さなかった」

「気づいていないだけかもしれない」

それまでじっと話を聞いていた美紀が言った。

「お母さんが言っていること、けっこう納得できるんだけど」

竜崎は思案顔だった。

「連続強姦殺人か……。そんなことは、まったく考えていなかった」

冴子は言った。

「まあ、素人考えですからね。捜査のプロから見ると、話にならないかもしれないわね」

「ちょっと待ってくれ。最初から考え直さなければいけないんだ」

「過去の空き家殺人の犯人が捕まらなかった理由を考えてみたの。おそらく、計画的だったのね。そして、証拠を丁寧に消した。今回の事件では、同じように証拠を消そうとしたけど、やり方が大胆になった……」

「証拠を消すために火を付けたということか」

「前回の犯行で、証拠を消していくのがいかにたいへんかを思い知ったんだわ。火を付けて燃やしてしまうほうがずっと簡単だと気づいたのよ」

竜崎は無言で考え込んだ。

冴子はさらに言った。

「そして、同一犯だとしたら、どういう人間が考えられるか……。私はどうしても空き家が気になるの」

「空き家……？」

「そう。それがデジャヴの原因だったからかもしれないけど、空き家が二つの事件の大きな要素だと感じるわけ。そして、犯人は空き家の情報に接することができる人物だという気がする」

竜崎は、冴子をしばらく見つめていた。そんな竜崎をあまり見たことがないので、冴子は少々うろたえた。

「どうしたの？　私が何か変なことを言った？」

「話を聞いた人物の中に、区役所の空き家対策担当の部署の者がいるんだ」


竜崎はそそくさと食事を終えて、署に戻っていった。捜査本部で、今冴子が言ったことについてもう一度検討したいと言った。

そして、被疑者逮捕、さらに犯行の自白の知らせがあったのは、その日の深夜のことだった。

冴子が考えたとおり、過去の空き家殺人もその人物の犯行だということだった。それを聞いたとき、冴子自身がびっくりしていた。

朝になって帰宅した竜崎が言った。

「たまには素人の意見も参考になるものだ」

「警察官の妻をなめちゃだめよ」

「俺ではなく、妻が考えたことだと言ったが、誰も信じてくれなかった。俺の手柄みたいになってしまった」

「だめよ」

「何がだめなんだ」

「妻が考えた、なんて言っちゃ」

「本当のことじゃないか」

「夫の手柄は妻の手柄」

冴子は言った。「内助の功ですからね」

荷物

1

邦彦は、手にしたものをじっと見つめていた。

どれくらいそうしていただろう。時間の感覚がなくなっていた。

透明なビニールのパッケージに小分けされた白い粉末。

いや、粉末というより塊を砕いた粗い粒といった感じだった。パッケージは縦二十センチ、横十センチほどの大きさだ。それが十袋あった。

その白い粉末が何であるか、邦彦には容易に想像できた。十袋のビニールパッケージは、黒い化粧ポーチのようなバッグに入っていた。

そのバッグを邦彦に手渡したのは、アントニという男だ。初めて会う男で、ポーランド人だということだった。

アントニは、邦彦の名前を確認すると、無言でバッグを差し出した。

邦彦がそれを受け取ると、彼はすぐさま歩き去った。その間、にこりともしなかった。今振り返ると、ずいぶんと怪しげな雰囲気だったと、邦彦は思った。

バッグを開けて、中身が白い粉だと知ったときの衝撃があまりに大きく、それからしばらくはパニック状態だったようだ。

自分が何をしていたのかまったく覚えていない。実際には、自分の部屋でベッドに腰かけ、じっと手にしたパッケージを見つめていただけだったのだが。

たいへんなことになった……。

邦彦はそう考えていた。そして、元通りに白い粉が入ったパッケージを戻すと、バッグのファスナーを閉じた。

それから、バッグを手にしたまま、部屋の中を見回していた。それを隠す場所を探していたのだ。

人目につくところに置いておくわけにはいかない。邦彦が不在のときに、家族が部屋に入ってこないとは限らないのだ。

邦彦は取りあえず、机の一番下の引き出しにしまった。ベッドに戻って腰かけたが、どうにも落ち着かず、またバッグを取り出して、今度は簞笥の衣類の中に隠した。

だが、それではいかにも見つかってはまずいものを隠しているという気がして、再び取り出し、今度は衣料メーカーの紙袋に入れて、他のバッグ類といっしょに並べた。

それが一番違和感がないように思った。

アントニは、旅行者だということだったが、本当にそうなのかはわからない。

とにかく邦彦は、ヴェロニカに電話してみることにした。もともとこんな荷物を受け取るはめになったのは、ヴェロニカが発端だったのだ。

「電波が届かないところにいるか電源が入っていない」というメッセージが流れてきた。

どういうことだ……。

邦彦は、むなしくそのメッセージを聞き続けていた。スマートフォンを持つ手に汗が滲んでいた。

2

ヴェロニカとは、同じ学科の学生の紹介で会った。彼女はポーランド人だ。

邦彦は、かねてからポーランドに興味を持っているという話を周囲にしていた。アニメ好きが高じて、将来アニメ監督になろうと心に決めている邦彦が、ポーランドに興味を持ったきっかけも、ある監督の作品だった。

アニメではなく、実写映画だったが、邦彦にとってはそれは普通の実写映画ではなかった。CGや特撮を駆使したその作品は、これまで見たどの映画とも違うと感じた。

その映画がポーランドで撮影されたということを知り、俄然《がぜん》興味が湧いたのだ。その監督がポーランドを選んだ理由を自分なりに考えてみるのも楽しかった。

そんな話を覚えていた森崎《もりさき》という名の学友が、あるとき言った。

「こないだ、ポーランド人の女の子と知り合ったぞ。留学生だが、飲食店でウエートレスのバイトをしている。紹介しようか」

ぜひ紹介してくれとこたえると、彼はすぐにセッティングしてくれた。渋谷の居酒屋で三人で会った。ヴェロニカは、砂色の長い髪に濃い青い眼をした美しい女性だった。

身長はそれほど高くなく、日本人の平均的な女性と変わらなかった。彼女は、日本文学を勉強しているとかで、なかなか流暢《りゅうちょう》な日本語を話した。

ポーランド語はまったく話せないので、せめて英語で会話ができれば、と考えていた邦彦はほっとした。

ヴェロニカは、日本語を話すだけでなく日本の食べ物にも抵抗がない様子だった。刺身も塩辛も平気で食べた。

それ以来、何度か三人で会って食事をした。ヴェロニカからポーランドの話を聞くたびに、憧れが強くなっていくように、邦彦は感じていた。

電話番号とＳＮＳの連絡先を交換してからは、森崎を通してでなく、直接連絡を取り合うようになった。

二人で会うこともあった。ヴェロニカはいつも明るくて、邦彦は彼女と話すことが楽しかった。

もちろん彼女と会うことも楽しいが、何よりポーランドの情報を得られることがありがたかった。いつしか邦彦は、ポーランドに行ってみたいという思いを抱くようになっていた。

その日も、邦彦はヴェロニカと待ち合わせをして、比較的大衆的な値段のイタリアンレストランに行った。

ヴェロニカが言った。

「お願いがあるんです」

「お願い？　何だい？」

「今、ポーランドから友達が来ているの」

「へえ」

「アントニという の。近所に住んでいた人で、小さいときからの知り合いです」

「それで……？」

「私に渡したいものがあると言うのですが、彼は明後日、ポーランドに帰ってしまいます。そして、私にはそれを受け取りに行く時間がありません」

邦彦はヴェロニカが言いたいことを理解した。

「わかった。俺が代わりにそれを受け取ればいいんだね」

「お願いできますか？」

「いいよ。彼とはどこで会えばいいんだ？」

「新宿のホテルに泊まっているので、その近くで手渡したいということです」

邦彦がうなずくと、彼女は言った。

「住所を送ります。よろしくお願いします」

彼女がスマートフォンに送って来た英文の住所を地図アプリに登録した。

翌日、その地図アプリを頼りに、指定された場所に向かった。西新宿にある小さな公園だった。墓地と隣接している。

ホテルのロビーか何かを指定されると思っていた邦彦は、その公園内でたたずんでいた。地図アプリを何度も確認したが、ヴェロニカから送られてきた所在地は間違いなくその公園を指していた。

何かの間違いかもしれない。そう思ってヴェロニカに電話しようと思ったとき、声をかけられた。

見ると、背の高い外国人が近づいてくるところだった。

邦彦は尋ねた。

「アントニですか？」

相手は日本語が話せない様子だった。邦彦は英語に切り替えて言った。

「あなたはアントニですか？　ヴェロニカから話を聞いています」

どうやらアントニは、英語もそれほど話せないらしい。ともあれ、彼がアントニであり、ヴェロニカに何かを渡したがっていることだけは理解できた。

邦彦の名前を確認すると、アントニが、紙袋を差し出した。邦彦はそれを受け取った。

アントニは、笑顔を一切見せなかった。無精髭《ぶしょうひげ》が浮いていて、疲れた様子だった。

さらにアントニは手を差し出した。握手を求めているのだ。邦彦も手を出した。握手を交わすと、アントニは踵《きびす》を返して公園を出て行った。

邦彦は、そのまま自宅に戻った。紙袋のままヴェロニカにそれを渡せばいい。そう思い、その日は荷物を机の上に置いたままにしていた。

翌日、大学から戻り、ヴェロニカに電話をしてみた。呼び出し音は鳴るが、彼女は電話に出なかった。

だが、邦彦はそれほど気にしなかった。彼女が電話に出ないのは珍しいことではない。ＳＮＳでメッセージを送ることにした。

「荷物はあずかっています。いつどこで渡せばいいか教えてください」

ヴェロニカは不自由なく日本語を話せるだけでなく、漢字仮名交じり文を読み書きできる。だから、普通に日本語でメッセージのやり取りができるのだ。

なかなかメッセージの返事がこなかった。翌日も返事がない。邦彦は再び電話をしてみた。呼び出し音が鳴るだけで電話はつながらない。

邦彦は、もう一度同じメッセージを送った。着信の記録やメッセージを見たら、向こうから連絡してくるに違いない。

アントニから託されたものを、彼女だって受け取りたいはずだ。邦彦はそう考えた。

そして、さらに連絡がないまま一日が過ぎた。その日は土曜日で、授業がなかった。自宅にいた邦彦は、さすがに荷物のことが気になりはじめていた。

預かったものは早く届けたい。

ヴェロニカからの連絡はまだない。

机の上に置かれた紙袋を見ているうちに、それが何であるか気になりはじめた。

だいたい、ヴェロニカとアントニの関係もなんだか釈然としない。彼女は、昔からの知り合いだと言っていた。だが、実際にどういう関係かはわからないのだ。

邦彦は別に、彼女に対して恋愛感情を抱いているわけではない。だが、まったく女性として意識しないと言えば嘘になる。

嫉妬というほどはっきりとした感情ではないが、やはりアントニがヴェロニカにとってどういう存在なのか、気になるのだ。

アントニからヴェロニカに届けられる荷物。それはいったい何なのだろう。

中身を見るなど、決してやってはいけないことだ。道義に反する行為であるし、ヴェロニカに対する裏切りだ。

だから、これまで紙袋のままでそっと机の上に置いていたのだ。だが、荷物を預かり、ヴェロニカと連絡が取れないまま、四日が過ぎると、さすがにどうしていいかわからなくなってきた。

それと同時に、中身を見てみたいという欲求が何度も頭をもたげてくる。

預かったものの中身を勝手に見てはいけないという思いと、ちょっと見るくらい別にいいだろうという思いが、せめぎ合った。

結局、好奇心と探究心が勝った。どうせ中身はたいしたものではないだろう。だったら、見たとしても別に問題はないはずだ。

邦彦はそう考えることにした。自分で自分に言い訳をしているのかもしれないが、間違ってはいないはずだ。

まず紙袋を開けた。密封されているわけではないので、すぐに中身が現れた。黒い化粧ポーチのようなバッグだ。

そして、さらにファスナーを開けて、中を見た。

そのとたん、邦彦は思わず「え」と声を上げそうになった。

ビニールの袋に小分けにされた白い粉。

それが何であるか、頭で理解する前に、心臓がどきどきしはじめた。自分の鼓動が聞こえ、息苦しくなってくる。

パッケージを一つ、取り出して見た。手にしたそれを、邦彦はじっと見つめていた。

荷物をすべて元通りにして、衣料メーカーの紙袋にしまい、他のバッグとともに並べ、ヴェロニカに電話をしたら、今度は「電波が届かないところにいるか電源が入っていない」というメッセージが流れてきたというわけだ。

その日は出かける用事がなかったので、ずっと部屋で過ごした。部屋を空ける気になれなかった。

不在の間に、誰かが部屋に入ってきて、荷物を見つけられたら、たいへんなことになる。

見たところ、明らかに覚醒剤だと、邦彦は思った。覚醒剤は、透明な塊を細かく砕いたものだというのを聞いたことがあった。

アントニから受け取った荷物の中身は、邦彦の知識のとおりだった。もちろんこれまで覚醒剤など見たことはない。だが、邦彦が想像していたのと、アントニの荷物の見かけは完全に一致していた。

ヴェロニカはいったい、何をしているのだろう。考えられることは一つ。覚醒剤の売買だ。

アントニは供給源で、ヴェロニカはそれを売人に卸す役目なのではないだろうか。あの分量からして、相当な取り引き額になるはずだ。

ヴェロニカはそんなに恐ろしい人物だったのか……。

邦彦はまだどきどきしていた。あれだけの覚醒剤を扱うとしたら、かなり大きな組織なのではないだろうか。そして、ヴェロニカはその一員だということだ。

邦彦は恐怖を感じた。そんなヴェロニカに、住所も連絡先も知られている。

もしかしたら……。

邦彦は考えた。

父親の竜崎伸也が警察官僚だと知って、彼女は自分に近づいてきたのではないか。彼女は、邦彦を利用しようとしていたのかもしれない。

そして、それを実行に移した。邦彦を運び屋に仕立て上げたのだ。

自分が運び屋……。

思いついたその言葉に愕然とした。

俺はまたしても、麻薬・覚醒剤関係の犯罪者となってしまったのか……。

邦彦は、かつてヘロインの所持・使用で捕まったことがある。正確に言うと自首だった。父に自首するように言われたのだ。

初犯で、自首したこともあり不起訴となった。「東大以外に行くことは許さない」と父に言われ、予備校通いを強いられた邦彦はひどいストレスに苛《さいな》まれていた。

予備校にヘロインを売りに来る者がいて、つい手を出してしまったのだ。逮捕・送検を経験し、自分の行いをひどく反省し、それ以降はもちろん薬物とは一切関わっていない。

それなのに、こんな形で犯罪者になってしまうなんて……。

悔やんでも悔やみきれなかった。

ヴェロニカなんかと知り合ったばかりに、こんなことになってしまった。彼女を自分に紹介した森崎をも怨んだ。

だが、怨んだところで始まらない。この荷物をどうにか処分しなければならない。しかし、勝手に処分などしたら、どうなるかわからない。

粉末はおそらく一キログラム近くある。覚醒剤一グラムの末端価格が六万円ほどだと聞いたことがあるから、その千倍、つまり六千万の商品ということになる。

それを勝手に処分したら、ただで済むはずがない。一番いいのは、何も知らなかったことにして、早くヴェロニカに手渡してしまうことだが、一度それをやってしまうと、この先も運び屋として何度も利用される恐れがある。

邦彦は立ち上がり、狭い部屋の中を行ったり来たりしていた。

携帯電話を取り出し、またヴェロニカにかけてみた。やはり、同じく「電波が届かないところにいるか……」というメッセージが流れてくるだけだった。

意図的に電源を切っているのかもしれない。もし、そうだとしたらその理由は何だろう。考えてみたがわからなかった。

末端価格六千万円もの覚醒剤を邦彦に預けておいて、連絡を取ろうとしないのはなぜだろう。ヴェロニカが何かのトラブルに巻き込まれているということだろうか。だとしたら、そのトラブルが邦彦の身にも及ぶ恐れがある。

冗談じゃない。俺は何もしていないじゃないか。ただ、善意で荷物を受け取ってやっただけだ。それなのに……。

邦彦がヘロインの所持・使用で捕まったとき、父の竜崎伸也は警察庁長官官房総務課から大森警察署に飛ばされた。

不起訴だったにもかかわらず、家族の不祥事を問われた懲罰的な降格人事だと言われた。

今度邦彦が捕まったら、竜崎はどんな処分を受けるかわからない。もしかしたら、懲戒免職ということもあり得る。

なにせ、二度目の逮捕ということになるのだ。今度は不起訴では済まないだろう。

そんなことになったら、父に申し訳ない。邦彦はそう思った。もしかしたら、自分のことより父の進退が気になっていたかもしれない。

とにかく、何とかしなければ……。

そう思うが、どうしていいかわからない。

森崎に連絡してみようかと思った。もしかしたら、ヴェロニカの居場所を知っているのではないかと思ったのだ。

だが、スマートフォンを手にして思いとどまった。ヴェロニカの所在を尋ねたりしたら、何を勘ぐられるかわからない。今は誰にも怪しまれたくなかった。

「ご飯よ」

ドアの外から母の冴子の声がした。食欲などまったくなかった。しかし、夕食を食べなければ「どうしたのか」と尋ねられるだろう。

もし、父がいたら理由を訊かれるかもしれない。それは避けたかった。無理やりにでも食事をするべきだ。

邦彦は、ダイニングキッチンに向かった。

3

テーブルに竜崎の姿はなかった。邦彦は密かに安堵《あんど》していた。罪を犯してみて改めて自分の父親が警察官僚であることを意識した。

いや、正確に言うと邦彦は罪を犯してはいない。まんまとはめられたのだ。だが、警察は邦彦の言い分など認めないだろう。

二度目の犯行には厳しく接するはずだ。邦彦はそう思った。

もともと口数は少ないほうなので、食事時に何も言わなくても、母も姉の美紀も邦彦のことを気にしていない様子だった。

そそくさと食事を終えて部屋に引っ込んだ。これもいつもと変わらない。だから、怪しまれることはないだろうと、邦彦は思った。

竜崎は午後十一時頃に帰宅したが、その日、顔を合わせることはなかった。

その夜はほとんど眠れなかった。

翌日は日曜日でよかった。特に出かける用事はなく、一日中自宅にいられた。何かあれば、睡眠不足の影響が出たに違いない。

一人で思い悩んでいても仕方がない。だが、誰に相談していいのかわからない。覚醒剤を預かってしまった、などと相談できる相手はいない。

昼食時も父の姿はなかった。どうやら寝室にいるらしい。もしかしたら、まだ寝ているのかもしれない。

竜崎は、三日ほど徹夜しても平気な顔をしていることもあるが、基本はよく寝るほうだと、邦彦は思っていた。だから、きつい仕事の後は、こうして昼まで寝ていることもある。

昼食を終えて部屋に戻っても、考えるのは預かった荷物のことだけだ。考えても結論は出ない。それはわかっていても考えずにはいられなかった。

ヴェロニカに電話してみた。やはり、「電波が届かないところにいるか電源が入っていない」というメッセージが流れるだけで、つながらない。

どうしていいかわからないまま、ただ時間だけが過ぎていった。午後三時頃のことだ。ドアがノックされた。

邦彦は、はっとした。

「何？」

「ちょっといいか？」

竜崎の声だった。邦彦は、どきりとした。今顔を合わせたくはない。かといって、ドアを開けないわけにはいかない。

邦彦は預かった荷物が入った紙袋のほうをちらりと見てから立ち上がり、ドアを開けた。

「何か用？」

あのときもこうだった。

邦彦はそんなことを思いながらそう言った。麻薬を吸っているところを発見されたときのことだ。

竜崎がこたえた。

「母さんが、様子を見てこいと言うんだ」

「母さんが？　なんで？」

「さあな。昨日から様子が変だと言うんだが、そうなのか？」

「別にそんなことは……」

そう言いながら邦彦は驚いていた。何も気づかれてないと思っていた。だが、母の眼をごまかすことはできなかったということだ。

「何かあったんじゃないのか？」

「何もない……」

「そうか。顔色が悪いし眼が赤い。何か問題を抱えているように見えるがな」

「レポートとかが忙しいだけだ」

それを聞くと、竜崎はうなずいた。

「ならいい」

竜崎がドアを閉めようとした。

「あ……」

邦彦は思わず声を出した。竜崎が視線を向けてくる。

「何だ？」

「いや、何でもないんだ」

竜崎はうなずき、邦彦に背を向けた。邦彦はドアを閉めた。

心臓が高鳴っている。邦彦は背中をドアにつけて、あえぐように呼吸をしていた。

父は再び邦彦の薬物問題で処分を受けることになるのかもしれない。そんなことは耐えられなかった。

もう死ぬしかないかもしれない。そんな考えが浮かぶほど絶望的な気分になっていた。

あるいは、このまま姿を消してしまったほうがいいかもしれない。

目まぐるしくさまざまな思いが錯綜した。そのまま床に崩れ落ちそうだった。思い悩むのにほとほと疲れ果てていた。

どうしていいかわからない。

邦彦は、自分でも何をしているのかわからないような状態になっていた。気がついたら、振り向いてドアを開けていた。

廊下に竜崎が立っていた。

邦彦は立ち尽くしていた。

二人はしばらく無言で顔を見合わせていた。どれくらいそうしていただろう。やがて竜崎が言った。

「母さんの眼は節穴じゃないんだ」

鼻水と涙が流れ落ちた。邦彦はただ、それを感じているだけだった。

竜崎が言った。

「部屋の中に入って話を聞こう」

言われるままに、邦彦は後ろに下がり、力なくベッドに腰を下ろした。竜崎は立ったままだった。

邦彦は頭を抱えて泣きつづけていた。それが感情のピークだったようだ。それからは少しずつ落ち着いてきた。

邦彦の感情の高ぶりが収まるのを待っていたように、竜崎が言った。

「泣いているだけでは、何が何だかわからない。説明してくれ」

邦彦はティッシュペーパーの箱に手を伸ばして、何枚か抜き取り、鼻をかんで涙を拭くと言った。

「どうやら、覚醒剤の運び屋にされたみたいだ」

「覚醒剤の運び屋？」

「わかってる。予備校に行っているときに、俺が麻薬を吸って、父さんがどういうことになったか……。俺が父さんの出世の妨げになったんだ。それなのに、また薬物のトラブルに巻き込まれた……」

「事情を話すんだ」

邦彦は話しだした。

まず、ヴェロニカと知り合ったところから説明しなければならなかった。すべての経緯をできるだけ正確に伝えた。

「……というわけで、今この部屋にはかなりの量の覚醒剤があるんだ」

「それで、おまえは何をそんなに取り乱しているんだ？」

そう訊かれて、邦彦は思わずぽかんとした。

「父さんは、俺の説明を聞いていなかったのか？」

「聞いていた」

「だったら、たいへんなことになったのがわかるはずだ。もし、俺が逮捕されて起訴されたら、

父さんは今度は降格人事じゃ済まないかもしれない
「それは理屈に合わないな」

「理屈に合わない……？」

「そうだろう。おまえは、ヴェロニカやアントニの仲間なのか？」

「違う。仲間なんかじゃない。利用されただけなんだ」

「ヴェロニカから荷物を受け取ってほしいと言われたとき、その中身を知っていたのか？」

「知らなかった」

「アントニから荷物を渡されたとき、それが何であるか知っていたのか？」

「知らなかった」

「荷物の中身が何であるのかを知ったのは、いつのことだ？」

「昨日の午後一時頃のことだったと思う」

「つまりおまえは、ヴェロニカから依頼されたときも、アントニから荷物を受け取ったときも、中身が何だか知らなかったということだな」

「そう」

「ならば、犯罪とは言えない。おまえは善意で荷物を預かっただけだ」

「そんな言い分は通用しないだろう」

「なぜ通用しないんだ？」

邦彦は少しばかりあきれた。

「だって、俺が中身を知らなかったということを証明することはできない」

「おまえが知っていたということを証明することもできない。どちらも証明できない場合、推定無罪が原則だ」

「捜査員はそんなことは考えないだろう。俺の部屋で覚醒剤が発見されたら、それだけでもう犯罪者としか見ない」

「たしかに、そういう程度の低い捜査員がたくさんいることは確かだが……」

「結局俺は犯罪者にされ、父さんは処分されることになるんだ」

「犯罪者にされるのは、罪を認めてしまうからだ。本当のことを主張しつづけていれば、冤罪《えんざい》になどならない」

邦彦はかぶりを振った。

「刑事たちが入れ替わり立ち替わり休みも与えてくれずに尋問を続けるんだろう？」

「少なくとも、俺の署ではそんなことは許さない」

「俺の署……？」

「ここは大森署管内だ。ここで覚醒剤が発見され、おまえの身柄が取られたとしたら、当然大森署が捜査をすることになる」

「俺の言い分をちゃんと聞いてくれるの？」

「おまえは、中身を知らずに荷物を預かっただけなんだな？」

「そう」

「それを罰する刑法などない」

「でも……。話に聞いたことがある。刑事は自白を取ろうと厳しく責め立てる。それで、やってもいないのに罪を認めてしまうことが多いんだって……。俺も自信がないよ。刑事は相当にひどいことを言うらしいじゃないか」

「やっていないのなら、絶対に認めてはいけない」

「それはわかっているけど……」

「とにかく、おまえは最良の選択をした」

「最良の選択？」

「父さんに話したことだ。こっそり処分などしたら、それだけで罪に問われるし、犯罪組織が絡んでいるとしたら、その連中がおまえを放っておかないだろう」

最良の選択と聞いて、邦彦はようやく少しだけ安堵した。

「これからどうするの？」

「とにかく、その現物を見せてもらおう」

邦彦は、紙袋から黒いバッグを取り出した。そしてファスナーを開けて、竜崎に差し出した。

竜崎はハンカチを出してそれを受け取り、パッケージを一つ取り出して見つめた。

「これが、覚醒剤だという根拠は？」

「見たらわかるじゃないか。パッケージに小分けされた白い結晶のようなもの……」

「一キロくらいはありそうだな」

「末端価格にしたら六千万円くらいなんだろう？」

竜崎はその問いにはこたえなかった。そして、パッケージをバッグにしまってから言った。

「とにかく、捜査員と鑑識を呼ぶことになる。薬物の疑いがあるのなら放っておけない」

「俺は捕まるのかな……」

「事情を聞くために、任意同行を求められることがあるかもしれない」

「任意なの？」

「逮捕状がない限り、すべて任意だよ。世間の人はそれを知らないから、警察に同行するように言われたら強制だと思ってしまうようだがな。それは間違いだ」

「俺は逮捕されることはないの？」

「荷物を預かっただけなのに逮捕される理由はない」

「だけど……」

「いいから、ここでじっとしていなさい」

竜崎はいったん部屋を出て行った。

机の上に黒いバッグが残されていた。邦彦はそれをじっと見つめていた。

4

「日曜だってのに、何です……」

やってきた戸高《とだか》という刑事が、竜崎にぶつぶつと文句を言っていた。鑑識だという係員もいっしょだった。

竜崎は彼らを邦彦の部屋に連れて来て言った。

「まあ、これを見てくれ」

机の上の黒いバッグを指さす。戸高が鑑識係員にうなずきかけた。

鑑識係員が指紋や付着している微物を採取するまで、戸高はしばらく待っていた。やがて、鑑識作業が終わると、戸高は手袋をした手でファスナーを開け、中を見た。

「何です、こりゃあ……」

竜崎が言った。

「息子が言うには、覚醒剤だろうということだが……」

戸高が竜崎のほうを見た。それから、バッグを鑑識係員に差し出した。

「何だと思う?」

それを受け取った鑑識係員は、パッケージを取り出した。目の高さまで掲げ、中身を観察している。

「いちおう持ち帰って分析してみますが……」

戸高は竜崎に言った。

「そういうことです」

「息子の身柄を署に引っぱるか?」

戸高は、鑑識係員をちらりと見てからこたえた。

「いや、ここで事情を聞きましょう」

邦彦は、竜崎に伝えたのと同じことを、戸高に話した。戸高は、メモも取らずに話を聞いていた。

話を聞き終わると彼は言った。

「いったん署に引きあげますよ。中身の分析をやっていいんですね？」

「もちろんだ。やってくれ」

戸高と鑑識係員は黒いバッグを持って引きあげて行った。

邦彦は竜崎に尋ねた。

「これからどうするの？」

「戸高からの知らせを待つ」


それから約一時間後に、竜崎が部屋にやってきて邦彦に告げた。

「戸高から連絡があった」

「俺はどうなるんだ？」

「どうにもならない。荷物もすぐに戻って来る」

「え……」

邦彦はぽかんとした顔になった。「どういうことなの？」

「あの白い結晶のようなものはな、塩だそうだ」

「塩……」

一瞬、何を言われたのかわからなかった。

「そうだ。鑑識によると岩塩だろうということだ」

「岩塩……」

邦彦は部屋で立ち尽くし、それから一気に体の力が抜けて、ベッドに腰を下ろした。

「覚醒剤じゃないんだ……」

「見た瞬間にそうじゃないとわかったが、いちおう調べてみないとな……。だいたい、あれほどの量の覚醒剤を何も事情を知らない者に預けるはずがないんだ」

言われてみればそのとおりかもしれない。邦彦は言った。

「アントニは怪しげだったし、俺はてっきり……」

「だから言ったんだ。おまえは最良の選択をした、と……」

「ああ」

邦彦は言った。「たしかに、そのとおりだったね」

「だが、安易に荷物を預かるのは感心しない。本当に薬物だった可能性もある」

「わかった。気をつける」


その日の夜に、ヴェロニカから電話があった。

「ごめんなさい。携帯電話が壊れてしまって……。水の中に落ちてしまったの。お店に行って代わりの電話をもらうまで時間がかかって……」

「何度か連絡をしたんだ」

「アントニから受け取った荷物のことね」

「そう。預かっているよ。いつ渡そうか」

翌日会う約束をした。

前にいっしょに行ったイタリアンレストランでヴェロニカと会った。

食事の注文を済ませると、邦彦は黒いバッグをヴェロニカに手渡した。彼女はさっそくファスナーを開け、中身のパッケージを取り出した。

彼女はうれしそうに言った。

「これがないと、どうしても料理がもの足りなくて……」

「料理が……？」

「そう。これは岩塩なの。ポーランドのヴィエリチカ岩塩坑って知ってる？」

「いや、初めて聞いた」

「岩塩を掘り出す坑道趾《あと》で、世界遺産にもなっている。岩塩でできた彫刻や礼拝堂なんかもあるの。それくらいポーランドの岩塩は有名なの。そして、ポーランド料理には岩塩が欠かせない」

「アントニはわざわざそれを持ってきてくれたというわけだ」

「そう」

「彼は俺と会ったとき、にこりともしなかったけど……」

ヴェロニカが笑った。

「きっと緊張していたんだと思う。日本語も英語もあまり話せないから……」

そういうことだったのかと、邦彦は思った。

岩塩を巡って一悶着あったことは言わないでおこう。ヴェロニカを犯罪組織の一味ではないかと疑ったことなど、口が裂けても言えない。

それにしても、ヴィエリチカ岩塩坑か……。そのことを知っていれば、覚醒剤だなどという勘違いはしなかったかもしれない。

ポーランドに対する理解が足りなかったのだ。もっと知識を増やし、理解を深める必要がある。そのためにはヴェロニカの協力が必要だ。

そして、いつかはポーランドに行ってみたい。その思いが日に日に強まっていくのを、邦彦は自覚していた。

選択

1

竜崎美紀は、混雑する大森駅のホームで電車を待っていた。社会人になったばかりの頃は、電車の殺人的な混雑に、「もう絶対にムリだ」と絶望的な気分になったものだ。

だが、人間は慣れるものだ。毎日のことなので、気にしてもいられない。

美紀が勤める『株式会社グローバル広告』の東京本社は赤坂五丁目にある。最寄りの駅は地下鉄千代田線赤坂駅で、大森からだと二度乗り換える。

まず、新橋駅で地下鉄銀座線に乗り換える。溜池山王駅で降りて、徒歩で国会議事堂前駅まで行き、そこから千代田線に乗るのだ。

これも、就職した当初はなんと面倒臭いのだろうと思っていたが、もうすっかり慣れてしまった。

今では、無意識のうちに乗り換えをこなし、いつの間にか会社に着いているという感じだ。

今日も電車は超満員だ。これだけ詰め込んで、よく人が死なないものだ。そんなことを思ったこともあったが、今は何も思わない。

新橋のホームに下りたときのことだ。

「ちょっと、何すんのよ」

若い女性の声が聞こえてきた。通勤時の日常にそぐわない、感情的な声だ。

ははあ、痴漢か……。

美紀はそう思い、声のほうを見た。若い女性が中年男の腕をつかんでいる。女性の服装は、どちらかというと地味なほうだ。

中年男は、紺色の背広にネクタイ姿だ。この時間に電車に乗っている男性の多くがこの恰好だ。関わりたくないな。

美紀はそう思った。誰でもそう考えるだろう。出勤途中の者にとって、最も大切なのは会社に遅刻せずに到着することだ。

特に、今日の美紀は遅刻するわけにはいかなかった。午前中に重要なプレゼンがあるのだ。

美紀が歩き出そうとすると、再び女の声が聞こえてきた。

「あ、逃げた」

男が人をかき分け、出口のほうへ向かおうとしている。突き飛ばされた人たちは、腹立たしげな顔をするだけで、関わろうとせず、再び歩き出す。

その男が、美紀のほうに向かってきた。そして、進路を確保するために、美紀を突き飛ばそうとした。

美紀は、その男にしがみついていた。

男が言った。

「何するんだ。放せ」

美紀は目をつむったまま、大声で言った。

「痴漢です。この人、痴漢です」

それでも人の流れは止まらない。押し流されそうになりながらも、美紀は男を放そうとしなかった。

ようやく手助けをしてくれる人が現れ、そうこうするうちに、被害にあったらしい女性が駅員二人を連れてやってきた。

駅員が美紀の肩を叩いて言った。

「もういいです。だいじょうぶです」

美紀は男から離れた。

男は、憤然とした表情で言った。

「何だ？　俺は何もやっていないぞ」

女が言う。

「じゃあ、何で逃げたの？」

「何もしていないから、立ち去ろうとしただけだ」

駅員が言う。

「事情を聞かせてもらうから、事務室に来てもらうよ」

男が言う。

「何でだ？　何もしていないと言ってるだろう」

美紀は、もう自分は関係ないだろうと思い、その場を離れようとした。

すると駅員の一人が言った。

「あ、すいません。彼の逃亡を防いだ方ですね」

「はあ……。逃亡を防いだというか……」

「いっしょに、事務室に来ていただけませんか？」

「いえ、ちょっと急いでいますんで……」

「警察が来るまででけっこうですから……」

「会社に遅れるわけにはいかないんです」

「なんなら、私たちのほうから会社に連絡しますが……」

「いや、そういうことではなく……」

プレゼンを欠席するわけにはいかない。

「とにかく、証言が必要ですから……」

美紀は溜め息をついた。

「わかりました」

灰色のスチールデスクが並ぶ、殺風景な駅事務室に行くと、美紀はプロジェクトリーダーに電話をした。

美紀が所属している営業三課には、課長がいるだけで、他の役職がない。プロジェクトが立ち上がるたびにリーダーが決められる。プロジェクトリーダーは実質的な係長だ。

現在のプロジェクトリーダーの名前は、相田勝《あいだまさる》。年齢は三十六歳だ。

「すいません、竜崎ですが……」

「どうした？」

「出勤途中にいろいろありまして、会社にちょっと遅れそうです」

「遅れるだって？　今日がどんな日かわかってるんだろうな」

「はい。ですから、なるべく早く行きますので……」

「何があったんだ？」

「痴漢を捕まえました」

「被害にあったのか？」

「いえ、そうではなく、逃走しようとするところを捕まえたのです」

「しょうがないな……。急いでくれ」

「はい。すいません」

電話が切れた。

背広姿の中年男性と若い女性は、「やった」「やってない」を繰り返している。二人の駅員がその話を聞いていた。やがて、そのうちの一人が美紀のところにやってきて尋ねた。

「あなたは、痴漢の現場を目撃なさったのですか？」

「いいえ、そうではありません。あの男を逃がしてはいけないと思っただけです」

「そうですか……。現場を見ていないのか……」

そこに警察官が二人やってきた。巡査部長と巡査の階級章をつけている。特に関心があるわけではないが、父親の仕事のせいで、そういうことも覚えてしまう。

巡査のほうが美紀に近づいてきて言った。

「お名前と住所を聞かせていただけますか？」

美紀はこたえた。

「それで、どういう状況だったんです？」

美紀は、起きたことを説明した。

警察官はノートにメモを取りながら尋ねた。

「では、現場を目撃したわけじゃないんですね？」

駅員とまったく同じことを尋ねる。彼らは、目撃証言がほしいだけなのだ。

「痴漢したかどうかは見ていません。逃げてくるのを捕まえただけです」

美紀は時計を見た。

「もう行っていいですか？」

「連絡先を教えていただけますか？　電話番号とか……」

携帯電話の番号を言った。

そのとき、痴漢容疑の男が言った。

「何もしていないというのに、何という扱いだ。訴えてやるからな」

美紀は警察官に言った。

「じゃあ、私は行きます」

「はい。ご協力ありがとうございました」

美紀が事務室を出ようとすると、再び男の声が聞こえてきた。

「おい、あんた」

美紀はその男の顔を見た。眼が合った。「あんたも、訴えてやるからな」

会社には十分ほど遅刻しただけで済んだ。普段から早めに出勤する習慣だったのが幸いした。すぐにプレゼンの準備に参加した。午前九時半に、スポンサーの会社に向けて出発し、十時からプレゼンを開始、十二時前に無事終了した。

社に戻ると、プロジェクトリーダーの相田が美紀に言った。

「いやあ、遅れるという電話をもらったときには、肝を冷やした」

「すいませんでした」

「プレゼンには間に合ったのだから、かまわない」

その言葉に、美紀はほっとしていた。

朝のことなど忘れて、仕事を続け、その日も残業だった。午後八時頃、ようやく帰宅しようとしていた美紀は、課長の富岡芳秀《とみおかよしひで》に呼ばれた。

「何でしょう？」

課長席の前に立った美紀に、富岡課長が言った。

「クロス化粧品のプレゼンに遅れるかもしれなかったそうだな」

「あ……。でも、間に合いましたので……」

富岡課長が顔をしかめる。

「そういうことじゃないだろう。自覚がないんだな」

「自覚ですか……」

「そうだ。大切な仕事を担当しているという自覚だ。あれは、クロス化粧品の春のキャンペーン用にどれだけ予算をぶんどれるかの重要なプレゼンだった」

そんなことは、担当者なので充分に承知している。だが、余計なことは言わないに限る。美紀はただ、「はい」とだけ言った。

「それなのに君は、その大切なプレゼンよりも、痴漢なんぞを捕まえることを優先した。自覚がないと言われても当然だろう」

そういう問題ではないと思う。

あのときは、咄嗟《とっさ》に男にしがみついただけだ。そして、プレゼンへの影響を最小限に抑えようと努力した。

だが、それを説明したところで、言い訳だと言われるのだ。美紀はそう思っていた。それが会社という世界なのだと……。

「いいか。スポンサーへのプレゼンというのは、最前線だぞ。それをおろそかにするということは、敵前逃亡も同然だ」

「決しておろそかにはしていません」

つい、反論してしまった。

説教を食らっているときは、どんな反論も無駄。そう自分に言い聞かせていたはずなのに。

案の定、富岡課長の怒りが募った様子だ。

「私はね、仕事に対する覚悟の話をしているんだ。何度も言うが、プレゼンは最前線だぞ。戦闘が始まろうとしているときに、他のことに気を取られているのは、覚悟が足りないということだ」

　何を言っても事態が好転することはないのだ。だから、口を閉じていることにした。すると、富岡課長は言った。

「返事はどうした？　上司の言うことを聞いていないのか？」

「申し訳ありませんでした」

　午後八時過ぎとはいえ、まだフロアには大勢の社員が残っている。広告代理店の営業部というのはそういうところだ。

　衆目の前でこうして叱責されること自体が、パワハラと言えるかもしれない。だが、この会社にパワハラもセクハラもない。形式的に問題にされたとしても、いつしかうまいこともみ消されてしまうのだ。

　上司もそれがわかっているから、本気でその体質を改めようとはしない。

「今日はこれから何か予定が入っているのか？」

「いいえ。帰宅するつもりでした」

「夕飯に付き合え。広告マンの心得について話してやる」

　冗談じゃない。

　美紀はそう思った。

　これもパワハラであり、あるいはセクハラの疑いもある。富岡課長の説教を聞きながら食事をするなんて、想像するだけでぞっとした。

　今どき、部下を無理やり飲みに誘ったりする人などいないと言われているが、この富岡課長は例外だった。彼は、部下との酒宴で、昔の「武勇伝」を大いに語るのだ。それが、部下の教訓になると信じているらしい。

その「武勇伝」の内容は、セクハラ、パワハラのオンパレードだ。彼に言わせれば、広告業界ではスポンサーによるセクハラなど当たり前なのだそうだ。

富岡課長は、広告業界のことしか知らない。それも、一時代前の業界だ。企業が広告に、ふんだんに金を使っていた時代だ。

スポンサーを接待漬けにして、どんちゃん騒ぎをしていれば広告が取れた時代だ。企業の広告担当も、自分が王侯貴族のように感じていたのではないだろうか。

今はそんな時代ではない。そんな話を聞かされるのも真っ平だし、二人きりで食事をするのも願い下げだ。

だが、それを断る度胸など、美紀にはない。入社して日も浅い。まだ、一人前とは言えない立場だ。

「さあ、出かけるから仕度をしなさい」

課長にそう言われ、いったん席に戻ろうとしていると、そこにプロジェクトリーダーの相田がやってきた。

「おや、課長と竜崎君は、お出かけですか」

「ああ」

富岡課長が言う。「食事をしながら、広告マンの心得を話して聞かせようと思ってな」

「それは、ぜひ私もうかがいたいですね」

美紀はこの言葉に驚いた。相田は、どちらかというと、人付き合いがよくないほうだ。社内の誰かと飲みに行くという話をあまり聞いたことがない。

だが、課長は別ということか……。

富岡課長が言った。

「だったら、君も来い。すぐに出かけるぞ」

「はい」


食事といっても、行き先は大衆居酒屋だ。美紀は、酒が嫌いではないので、どこでもいいのだが、居酒屋だと長くなりそうなのが嫌だった。

案の定、富岡課長は古き良き時代のかなり下品な思い出話を、部下への教訓として語りはじめる。

相田がそれに、絶妙のあいづちを打つ。スポンサーへの接待で培った営業の技術だ。

酒が入ると、富岡課長の機嫌はよくなり、そのうち説教をするつもりだったのを忘れてしまったようだ。

相田に救われたと、美紀は思った。相田がいなければ、どんなに不快で辛い時間だっただろう。

しかし、これから先もこうしたことは続くのだろう。いつも相田がいてくれるわけではない。一人でちゃんと対処できるようにしなければ……。

そう思うと、美紀は憂鬱になってきた。

2

それから、三日後のことだった。

午前十時頃、会社にいる美紀の電話に、警察から連絡があった。

相手は、新橋署の者だと名乗った。

「警察？　何でしょう？」

「先日、新橋駅で、男性を拘束しましたね？」

痴漢騒ぎのことだ。今さら何だろう。

「拘束……？　犯人が逃げようとするのを、防いだだけですが……」

「あー、犯人とおっしゃってはいけません」

「被疑者ですね」

相手は、それにはこたえなかった。

「その人物の意思に反して、その場に留《とど》まらせようとなさいましたね？」

相手の意図がよく理解できなかった。

「相手にしがみつきました。痴漢だと、女の人が大声を上げていたので、男を逃がしてはいけないと思いました」

「そのときの様子を詳しくうかがいたいので、署のほうにいらしていただけないでしょうか？」

美紀は戸惑った。

「駅の事務室で、ちゃんと説明しましたが……」

「もう一度詳しく事情をうかがう必要があるんです」

「忙しくて、出頭する時間がないのですが……」

「来ていただかないと、面倒なことになるかもしれません」

「面倒なことって、どういうことですか？」

「とにかく、一度、署にいらしてください」

警察がこれだけ強気に出るのは、自分が何かを疑われているからだろうか。

そんなことを思いながら、美紀は言った。

「わかりました。新橋署ですね」

「いつ来ていただけますか？」

「その前に、官姓名を教えていただけますか？」

相手は一瞬、間を置いた。

一般人の口から「官姓名」などという言葉が出てくるとは思っていなかったのだろう。

「新橋署刑事課の増原《ますはら》巡査部長です。いつ、いらっしゃいますか？」

「今日これから……。そうですね、十一時くらいには行けると思います」

「お待ちしております。受付で、増原を呼んでください」

電話が切れた。

美紀は相田の席に近づき、言った。

「これから、警察に行かなければなりません」

相田は怪訝《けげん》そうに言った。

「警察……？　痴漢の件か？」

「そうだと思いますが……」

「が……？」

「私が捕まえたときのことを詳しく訊きたいと言うんです。何だか妙だと思って……」

「いつ行くんだ？」

「これから出かけようと思います。午前中に終わると思うのですが……」

「わかった」

相田は、パソコンの画面に眼を戻した。美紀は、すぐに出かけた。


新橋署で刑事課の増原の名を告げると、一階のベンチでしばらく待たされた。やがて、薄手のジャンパーを着た男がやってきた。足元はサンダルだ。

無精髭が浮いており、疲れ果てた顔をしている。父の部下の戸高という刑事が、こんな顔をしていたのを思い出す。どこの刑事も寝不足なのだ。

「ええと、竜崎さん？」

「はい」

「いっしょに来てください」

階段を上り、連れて行かれたのは、取調室だった。

「ここなんですか？」

美紀は尋ねた。「取り調べですか？」

増原はこたえなかった。

窓もなく、灰色のスチール机と椅子だけが置かれている狭い部屋は、圧迫感があった。机を挟んで向かい側に座った増原は、にこりともせずに、写真を示して言った。

「ええと……、あなたは、この男性にしがみついて、自由を奪ったのですね？」

それは、痴漢と言われていた男に間違いなかった。

「その男です。でも、何だか気になるんですけど……」

「気になる？」

「私が相手を拘束したということが強調されているみたいで……」

増原は、その言葉を無視するように質問を続けた。

「そのとき、あなたは周囲に向かって、痴漢だと叫んだということですが……。それに間違いありませんか？」

ますます怪訝に思いながら、美紀はこたえた。

「ええ……。被害にあわれた女性の方がそうおっしゃってましたから……」

増原は、うなずいたまま、しばらく無言だった。

やがて、彼は言った。

「痴漢は多いが、冤罪も多い。ご存じですか？」

「は……？」

「冤罪が多いということは、なかなか疑いを晴らすことが難しいということなんです。それを狙った詐欺もある」

「詐欺……？　つまり、痴漢の濡《ぬ》れ衣《ぎぬ》を着せようということですか？」

「示談金目当てですね。そういうことは、よくご存じなんじゃないんですか？」

「どういうことでしょう？」

増原はもう一枚、写真を示した。

「この女性をご存じですか？」

「痴漢の被害にあったと言っていた方ですね？」

「この人と面識がおありですか？」

「いいえ。あの朝、初めて見た人です」

「本当ですね？」

この質問は違和感があった。

「私が嘘を言う理由がありません。本当のことです」

「もし、万が一の話ですが……」

「何です？」

「隠していることがおありなら、今お話しになったほうがいいですよ」

刑事は、上目遣いに美紀を見た。その眼差しは鋭い。私は犯罪を疑われている……。

美紀はそれを悟った。

「待ってください。痴漢は間違いだったということですか？」

増原はおもむろに言った。

「この女は、橋本久美《はしもとくみ》。過去に痴漢詐欺をやった疑いがあるんです」

「痴漢詐欺……」

「そう。さっき説明した手口ですよ。男性を痴漢にでっち上げて、示談金をせしめました。そのときは、証拠がなく逮捕にいたりませんでしたが、今回は被害者男性の協力でなんとかなりそうです。ですから……」

増原が身を乗り出した。「もし、あなたが橋本の仲間なら、今のうちに白状したほうがいいと言ってるんです」

美紀はあまりのことに、あきれる思いだった。

「その女のことは知りません。私は通勤途中に痴漢騒ぎに遭遇して、咄嗟に犯人だと思った男を捕まえただけです」

増原はしばらく美紀を睨んでいたが、やがて、ふんと鼻から息を吐いて言った。

「まあいい。これから、いろいろ洗わせてもらいます」

「冗談じゃないです。何も悪いことをしていないのに、調べられるのは心外です」

増原はさらに言った。

「あ、そうそう。痴漢だと言われた男性ですがね。橋本久美を名誉毀損《きそん》で訴えると言っていました。あなたも同様に訴えられるかもしれません」

「私が……？」

「あのとき、駅にはその男性のことを知っている人が何人かいて、すっかり痴漢だという噂が広まってしまったのだそうです。それで、名誉を損なわれたということで……」

「私はただ……」

「あなたは、間違いなく彼のことを、痴漢だと大声で言いましたよね？」

「あ……」

美紀が言葉を失うと、増原は言った。

「今日は帰っていいですよ」

増原が立ち上がった。


会社に戻っても、美紀はしばらく呆然としていた。

そう言えば、あの男は駅で、美紀を訴えると言っていた。そのときは、負け犬の遠吠えくらいにしか思っていなかった。

だが、本気だったのかもしれない。

やってもいないのに痴漢呼ばわりされ、それを知人に見られて噂にされたということだ。おそらく、知人というのは通勤途中の会社の同僚なのだろう。

たしかに、会社で痴漢の噂が流れたりしたらいたたまれないに違いない。

いつの間にか昼休みが終わっていた。仕事に集中できずにいると、美紀はまた富岡課長に呼ばれた。

「何でしょう？」

課長席の富岡は、渋い表情で言った。

「クロス化粧品から連絡があって、春のキャンペーンの総予算が、十五パーセント削減になった」

「え……」

「誰かが、痴漢なんてよけいなものに気を取られていたからじゃないのか？」

「そんな……」

それとこれとはまったく関係がない。だが、富岡課長は誰かを悪者にしないと気が済まないのだろう。

言いがかりだとわかっていても逆らえない。

「さっきも、警察に行っていたようだな。何の話だ？」

富岡課長に話すつもりはない。本当は、事情をすべて伝えたほうがいいのかもしれない。だが、課長が理解を示すとは思えなかった。だったら、黙っていても同じことだ。

「はい。事情を聞かれました」

それだけ、こたえた。

「何時に行って、何時に戻ってきた？」

「十時半に会社を出て、十二時頃には戻って来ました」

「午前中の一時間半を私用に使ったんだな？」

警察に呼び出されることが私用だろうか。どちらかと言えば、公的な用事ではないか。だが、富岡課長にとっては会社の用事でないことはすべて「私用」ということになるのだろう。

「今日、君は一時間半の損害を会社に与えた。その気の弛《ゆる》みが、クロス化粧品の予算十五パーセント削減につながったんだ」

こじつけもいいところだ。予算カットが美紀のせいにされてしまいそうだ。

だが、反論は許されない。

今日の午前中に一時間半、会社を抜けだしたことは事実だ。そして、プレゼンの日に、十分遅刻したことも事実だ。

事実をつなぎ合わせて、まったく違うことの根拠にしようとしている。理不尽だが、それに逆らうわけにはいかない。その理不尽さを受け止めて、それとなんとか折り合いをつけていくのが社会人というものだ。

美紀はそう思っていた。

富岡課長が言った。

「君には教育が必要のようだ。私が直接指導をしようと思っている」

「あの……」

美紀は驚いて言った。「それは、どういうことでしょうか？」

「どうもこうもない。具体的にどうするかは、私が考える。いいな」

話は終わりだということだ。

最悪だ……。

そう思いながら、美紀は席に戻った。

富岡課長は何を考えているのだろう。マンツーマンの教育というのは、いったい何を意味しているのか。

想像すると、鳥肌が立った。

出勤時に起きた、ほんの一瞬の出来事のせいで、美紀は窮地に追い込まれつつある。警察には詐欺の共犯を疑われ、痴漢詐欺のターゲットにされた男性からは、名誉毀損で訴えると言われている。

そして、プレゼンの失敗の責任を押しつけられ、課長のパワハラの餌食にされている。八方塞がりだった。

私はどうなってしまうのだろう。不安と恐怖と嫌悪感で押しつぶされそうだった。

3

美紀が帰宅したのは、午後十時過ぎだ。いつも、このくらいの時間になってしまう。食欲がなかったが、何か食べないと体力が持たないと思い、着替えてダイニングテーブルに着いた。

父親の竜崎伸也が、食事をしている。ビールを飲み終わるところだ。父は仕事柄、食事の時間も不規則だ。

美紀を見ても何も言わない。これも、いつものことだ。

夕食に箸を付けたはいいが、食べ物が喉を通らない。

その事実に美紀は驚いた。こんなことで、自分は食欲をなくすのか……。気がついたら、箸を止めたまま、しばらく呆然としていた。

それに気がついたのは、母の冴子だった。

「どうしたの？　何かあった？」

美紀は、反射的に「何でもない」と言ってから、考えた。

父は警察官だ。抱えている三つの問題のうちの二つは警察絡みだから、相談するべきだろう。

美紀は言った。

「実は、三日前の朝、痴漢騒ぎがあって……」

母が椅子に座り尋ねた。

「あなたが被害者？」

「そうじゃなくて、逃げてきた犯人らしい男を捕まえたの」

それからのことを、詳しく話した。話しだすと止まらなくなった。警察に呼び出されて詐欺の共犯者じゃないかと疑われていること、痴漢呼ばわりされた男から、名誉毀損で訴えられそうなことを話したら、続いて会社のことに言及した。

「駅の事務室で警察に事情を聞かれたりしたので、会社に十分ほど遅刻したの……」

富岡課長の理不尽な発言に対して、どうしていいかわからないと訴えた。

話を聞き終わっても父は、何も言わなかった。母が父に言った。

「何とか言ったらどう？」

父は驚いた顔で言った。

「おまえが話を聞いていたんじゃないのか？」

「お父さんへの相談でしょう？」

「俺に何を相談していると言うんだ？」

美紀はこたえた。

「まず、詐欺の共犯のこと」

「何が問題なんだ。そんなものは放っておけばいい。調べれば関係ないことはすぐにわかるはずだ。刑事のはったりだ」

「また警察に呼び出されるかもしれない。そしたら、また課長に文句を言われる」

「呼び出しに応じなければいい。逮捕状がない限り、出頭も同行も任意なんだ」

「本当に行かなくてもだいじょうぶ？」

「だいじょうぶだ」

「名誉毀損は？」

「それは、刑事なのか民事なのか？」

「え……？」

「刑事の名誉毀損罪と民事の名誉毀損がある。名誉毀損罪なら刑事罰がある、民事の名誉毀損なら損害賠償の責任があるが、痴漢呼ばわりしたというだけなら、どちらも成立しないだろう。一言謝れば済む話だ。そういう判断ができない警察官は無能だ」

「じゃあ、私は捕まることはないということ？」

「ない。もし、捕まったらえらいことだ。誤認逮捕だからな」

美紀は気分が楽になった。父はさらに言った。

「パワハラの件だが、我慢ならないのなら、会社など辞めればいい」

「でも、せっかく入ったのに……」

「おまえは、正しいことをした」

「え……？」

「犯罪の疑いのある者が逃走しようとしていた。それを捕まえた。その行動の元にあるのは正義だ。それを誰であろうと非難することはできない。そのためにおまえが苦しんでいるのは合理的ではない」

「たしかに不合理だと思う」

「だったら、警察の呼び出しに応じることはないし、そんな会社は辞めてもいい」

父の言うとおりだ。今まで、自分は何を悩んでいたのだろうと、思った。急に気分が軽くなると、猛然と食欲がわいてきた。

父は何事もなかったように、食事を再開した。


いつ辞めてもいい。そう腹をくくると、富岡課長のこともそれほど気にならなくなった。個人指導の件も、あれ以来何も言ってこない。

警察から呼び出しがあった。父から、拒否してもいいと言われていたが、行ってみることにした。前回同様に、取調室で増原刑事と向かい合った。

「本当に橋本久美とつながりはないんだね？」

「私は、男を逃がすまいとしがみついただけです。それが犯罪になるなんて、どう考えてもおかしいと思います」

「いいから、訊かれたことだけにこたえるんだ」

「私は一言断りに来ただけです。今後は、逮捕状がない限り、呼び出しにも聴取にも応じません。名誉毀損は避けたいので、ご本人に失礼をお詫びするつもりです」

「そういうこと言える立場じゃねえんだよ」

言葉が乱暴になってきた。ここにいてはいけないと思い、美紀は立ち上がった。

「座れ」

「任意ですよね。これで帰らせていただきます」

増原が机を掌で叩いた。

「座れって言ってるんだ」

そのとき、突然ドアが開いた。増原がふり向き、姿勢を正した。

「課長……」

おそらく刑事課長だろう。彼は美紀に言った。

「あの……。竜崎美紀さんですね？」

増原が課長に尋ねる。

「どうしたんですか？」

「君は、こちらのお名前と住所でわからなかったのか？」

「はあ……？」

「大森署署長官舎の住所じゃないか」

そこにまた、二人の幹部らしい人たちが現れた。

増原が立ち上がった。

「署長に副署長」

署長と言われた男が美紀に言った。

「大森署の竜崎署長のお嬢さんですね。たいへん失礼をいたしました」

美紀は言った。

「帰ってよろしいでしょうか」

署長が言った。

「もちろんです。刑事課長、問題ないね」

「はい」

美紀は署長に言った。

「私が竜崎の娘でなければ、取り調べはまだ続いていたでしょうね。これはあってはならないことだと思います」

署長、副署長、刑事課長が同時にうなずいた。署長が言った。

「おっしゃるとおりだと思います」

増原が、あっけにとられたような顔をしている。その脇を通り、美紀は取調室を出た。


会社に戻ると、すぐに相田が近づいてきた。

「課長に何か言われたんだって？」

「ええ、実は……」

予算が十五パーセント削られたのは、あたかも美紀のせいであるかのように言われたこと、そして、直接指導をすると言われたことを告げた。

相田は顔をしかめた。

「春のキャンペーンの規模が縮小したんだ。予算が削られたのは時代のせいだ。誰のせいでもない。だから君は気にすることはない」

「時代のせい……？」

「いろいろなメディアを駆使して大々的なキャンペーンをやるような時代じゃないんだ。効果的なメディアに絞る方針で行くことになった。プロジェクトの大筋は変わっていない」

「なんだ、そうなんですね」

「それから、課長の直接指導の件だが、それは社員教育の枠を超えている。勢いで言っただけだと思うが、さらに何か言ってくるようなら、俺に相談してくれ」

「ありがとうございます」

「それから、課長はああいう人だから、たまには飲みに付き合ってやってくれ。もちろん、そのときは俺も同席する」

「了解しました」

相田はうなずき、無表情なまま美紀の席から離れていった。無愛想な相田の印象が、美紀の中で一変していた。

父や母、そして、相田。冷静になって周囲を見れば、自分を守ってくれている人たちがいることに気づく。

会社を辞めること、続けること。警察の呼び出しに応じること、拒否すること。課長の誘いを受けること、断ること。そして、正義を信じること、目を背けること……。
いろいろな選択が自分の中にある。すべては自分次第だ。
まだまだ、この会社で働ける。
そんな自信が湧いてきた。

専門官

1

板橋武《いたばしたけし》捜査一課長は、池辺渉《いけべわたる》刑事総務課長に呼び出された。

板橋が刑事総務課長の席に行くと、池辺課長は席を立った。板橋を伴って、彼が向かったのは、小会議室だった。

所轄では空いている部屋を探すのは一苦労だが、県警本部なら比較的楽に見つけられる。しかも、池辺は刑事総務課の責任者だ。部屋の一つや二つは、どうにでもなるだろう。

「話って、何だ？」

二人とも、神奈川県警本部の課長なので、階級は警視だ。池辺課長は板橋より一歳上だが、互いにタメ口だ。

「おたくの専門官だよ」

「うちの専門官……？　矢坂《やさか》のことか？」

池辺刑総課長は、渋い顔でうなずいた。

矢坂敬蔵《けいぞう》は、捜査一課の捜査員だ。板橋と同じ年齢だが、階級は警部補だ。

県警によっていろいろ違いがあるようだが、神奈川県警の場合、「専門官」と呼ぶのは、警部待遇の警部補のことだ。

専門官には、ベテランで頼りになる捜査員が多い。矢坂もその一人だ。

彼は、中江《なかえ》中隊の小隊長だ。

刑事部捜査一課に、中隊や小隊という組織があるのは、おそらく神奈川県警だけなのではないだろうか。

例えば、警視庁などでは課の下には係がある。その係に当たるのが中隊で、中隊長は警部だ。警視庁本部の係長と同じだ。

約二十の中隊の下に、五十ほどの小隊がある。その下には約八十人の捜査員。五十人ほどの小隊長は、慣例として班長と呼ばれる。

小隊長が五十人で、その下につく捜査員が八十人だから、部下を二人持つ小隊長が三十人、部下が一人しかいない小隊長が二十人いることになる。部下が一人しかいないということは、事実上はペアを組んでいるのと同じことだ。

二個小隊を持つ中隊長が十人、三個小隊を持つ中隊長が、やはり十人いることになる。

どうして神奈川県警だけ、こんな組織編成になっているのか、板橋は知らない。他の都道府県警では、中隊だの小隊だのというのは、機動隊にしかない。

中江達弘《たつひろ》中隊長の下に、二つの小隊がある。三人小隊と二人小隊が一つずつだ。

その二人小隊の班長が矢坂だ。小隊ごとに活動するのが原則なのだが、矢坂はたいてい一人で行動している。残された捜査員は、仕方がないので、もう一つの三人小隊が面倒を見ることが多い。

刑事は、全国どこでも最低二人一組で行動することになっているから、どう考えても矢坂ははみ出し者だ。

板橋は言った。

「あいつが問題なのは、今に始まったことじゃない」

「まったく……」

池辺課長が溜め息をつく。「無線なんかの備品を勝手に持ち出す。出張費も仮払いも、なかなか精算しようとしない。鑑識に無理難題を平気で押しつける……。やりたい放題だよ」

板橋は、しげしげと池辺課長を見つめた。

池辺は、ひょろりと痩せていて背が高い。いつも眉間にしわを刻んでいる。刑事総務課の課長ともなれば、何かと苦労が絶えないのだろう。

しかし、わからない。

「何で今さら、矢坂のことを取り沙汰するんだ？」

池辺課長は、ますます渋い顔になった。

「刑事部長が変わっただろう」

「あ、そういうことか……」

本郷《ほんごう》刑事部長が異動になり、後任に竜崎伸也元大森署長がやってきた。刑事総務課は、刑事部長の秘書業務も担当している。当然、部長のことを気にかけなければならない。

池辺課長が言った。

「本郷部長と矢坂は、ほとんど話をしなかった」

「当たり前だ。天下の部長と、一介の捜査員が、話なんかできるはずがない」

「そういうことじゃない。矢坂は、本郷部長のことを、公然と批判していた。本郷部長はそれに気づいて腹を立てた。だが、矢坂は謝罪したり、反省する素振りを見せることはなかった。結局、本郷部長は、矢坂に腹を立てたまま、神奈川県警を去ることになった」

板橋は肩をすくめた。

「部長なんてキャリアの腰かけなんだから、それでかまわないんじゃないか」

池辺課長が、板橋を睨んだ。

「あんたも、キャリアに反感を持っているんだったな。矢坂のキャリア嫌いは、あんたの影響じゃないのか？」

「ばか言うなよ。地方《じかた》が、キャリア組を嫌うのは、むしろ普通のことじゃないか」

「矢坂に釘を刺してもらおうと思ったんだが、どうやら私の見込み違いだったようだな」

「矢坂に釘を刺す……？」

「そうだ。新任の竜崎部長に楯突くような真似はやめるように言ってほしかったんだ。だが、あんたもキャリア嫌いだから、竜崎部長のことも、気に入らないんじゃないのか？　たしかあんた、以前、竜崎部長といっしょに仕事をしたことがあったな？」

板橋はうなずいた。

「国会議員の誘拐事件で、横須賀署に前線本部ができて、そこでいっしょだった。そう。その時なんだよ」

「その時……？」

「キャリア嫌いで、腰かけの幹部も嫌いだった。しかも、俺はでかい面をしたがる警視庁も嫌いだった。だから、警視庁から来て捜査の主導権を握ろうとする竜崎大森署長が、心底気に入らなかった」

「それが、上司になってしまった……。災難だったな」

「いや。俺は、前線本部が解散する頃には、彼の部下になりたいと思っていたんだ」

「え……？」

「あの人は、キャリアだのノンキャリアだのという枠を超えている。そして、警視庁だ、神奈川県警だとか言う枠も超えている」

池辺課長は、目を瞬いた。

「竜崎部長を支持しているということか？」

「信頼している」

池辺課長は、意外そうな表情になり、続いてほっとしたような顔になった。

「じゃあ、矢坂の手綱を締めてくれるな？」

「どうだろうな……。俺が言って聞かせたところで、効果があるだろうか。それが心配だ」

「おい。捜査一課長だろう。情けないことを言うなよ」

「刑事としては、すこぶる優秀なんだ。仲間の信頼も篤い。だから、多少好き勝手をやっても、大目に見てもらえるんだ」

「あいつの好き勝手は、多少なんてもんじゃない。いいか？　ここだけの話だがな……」

「何だ？」

「笹本《ささもと》が眼をつけているという噂もある」

「笹本……？　監察官室の……？」

「そうだ。笹本監察官は蛇のように執念深いと言われている」

「笹本もキャリアだったな。キャリア嫌いの矢坂にちょっかい出したら、えらいことになるぞ」

「だから、今のうちに何とかしてくれと言ってるんだ」

板橋は考え込んだ。

できれば、関わりたくない。所詮、部長と小隊長ふぜいでは勝負にならないのだ。逆らったらクビ。警察はそういうところだ。

だが、矢坂は捜査一課の大きな戦力だ。所轄の時代から刑事畑一筋で、捜査員としてはずば抜けた能力を持っている。

その矢坂をクビにするわけにもいくまい。板橋はそう思って言った。

「わかった。善は急げだ。今から話をしよう」

面倒なことは、先延ばしにしたくなかった。いつかやろうと思っているうちに、問題はどんどんこじれていくのだ。

できれば、問題はすぐに片づけたほうがいい。それも、かつての竜崎署長から学んだことのような気がした。

板橋が立ち上がったとき、ドアをノックする音が聞こえた。池辺課長が入室をうながすと、刑事総務課の係員が顔をのぞかせた。

「通信指令課からです。強盗事件の通報があったそうです」

板橋は言った。

「矢坂の件は、とりあえず後回しだな」

池辺課長がうなずいた。

「わかっている。行ってくれ」


板橋は、捜査一課長室に戻るとすぐに、管理官を呼んだ。

「強盗だって？」

「現場は、港北署管内の民家です」

「死傷者は？」

「死者、怪我人はいない模様です」

それを聞いて板橋はほっとした。強盗の被害者が無事なことはもちろん喜ばしいことだが、実は、傷害や殺人が加わると、事件の重要度が増して、捜査が大がかりになるからだ。

捜査一課長としては、捜査にかかる人員も時間も費用も惜しい。

「民家に強盗が押し入った。だが、被害者に怪我はなかった。そういうことだな？」

「そうです」

管理官がうなずいた。「三課に任せてしまおうかと思ったんですが、そうもいきませんでした」

捜査第三課は、盗犯の担当だ。盗みとなれば三課の仕事だが、強盗は強行犯だ。だから、捜査一課の仕事となる。

「所轄だけで間に合いそうだな。港北署管内と言ったな？」

「はい」

管理官が現場の所在地を言った。住宅街だなと、板橋は思った。

「ですが……」

管理官がそう続けたので、板橋は彼の顔を見た。

「何だ？　何かあるのか？」

「連続強盗犯の可能性があるそうです」

そう言われて、板橋は思い出した。

「昨年の暮れあたりから続いている強盗事案だな。手口が似ているのか？」

「いずれの事案も、宅配便の配達員を装って、玄関から侵入。金品を奪うのですが、被害者には怪我を負わせません」

「もし連続強盗犯だとしたら、被害は何件目だ？」

「四件目になります」

板橋は考え込んだ。

「連続強盗となれば、所轄に任せておくわけにはいかんか……」

「犯行現場は、複数の警察署管内にまたがっておりますので……」

「そうだな……」

「そういうわけで、本部からすでに捜査員が現着しております」

板橋は驚いた。

「早いな。港北署から出動依頼があったのか？」

「いえ。通信指令課から知らせがあってすぐに飛び出していったそうです」

「俺の指示を待たずにか」

「誰も指示していないのですが……」

誰が現場に向かったのか、想像がついた。

「中江中隊か？」

「はい。正確に言うと、その中の矢坂小隊なんですが……」

「やはりな……」

「さらに正確に言うと、矢坂班長だけが臨場しました」

「単独行動か？」

管理官はこたえなかった。

「わかった」

板橋は言った。「この事案、部長に上げたのか？」

「阿久津《あくつ》参事官には報告しました」

板橋はうなずいた。

「矢坂が戻ったら、俺のところに来るように言ってくれ。以上だ」

「了解しました」

管理官が退出すると、板橋は考えた。

たしかに、独断専行は問題だ。指揮系統を無視したら警察は成り立たなくなる。だが、矢坂のフットワークのよさは認めなくてはならない。

本部から捜査員が出動したとなれば、上に報告しないわけにはいかない。参事官に報告したと、管理官が言っていたが、それが竜崎部長に伝わっているかどうかわからない。

阿久津参事官は、何を考えているのかわからない男だ。これまでも、自分のところで情報を止めていたことがあった。

本郷前刑事部長は、それをありがたがっている節があった。何でもかんでも部長決裁では、あまりに多忙で身動きが取れなくなる。

適度に阿久津参事官が肩代わりしてくれることを、前部長は歓迎していたのだ。それをいいことに、阿久津参事官は、じわじわと自分の権限を拡大していったように見える。

彼もキャリアなので、どうせ二年もすればいなくなるのに、権限を増やしてどうするつもりだろう。板橋には、それが不思議だった。

しかし、それが野心というものなのかもしれない。

いずれにしろ、竜崎部長に連続強盗の件が伝わっているかどうか確認する必要がある。

板橋は、そう思い、池辺刑事総務課長に内線電話をかけた。

「はい。刑総課、池辺」

「板橋だ。部長に面会できるか？」

「ちょっと立て込んでいるが、急ぎか？」

「強盗の件が耳に入っているかどうか、確認したいんだ」

「ああ、連続強盗事件かもしれないという件だな？　それならご存じだ。阿久津参事官から報告があったようだ」

「そうか。それなら面会の必要はない。じゃあ……」

電話を切ろうとすると、池辺課長が言った。

「捜査本部はどうだ、と訊かれた」

「え……」

板橋は言葉を失った。

池辺課長の言葉が続いた。

「ただの強盗じゃない。連続強盗事件となれば、県警本部としても黙って見ているわけにはいかない、ということだと思う」

板橋は、表情を曇らせた。

殺人などの最重要事案を扱う特別捜査本部の設置については、県警本部長が決定するが、捜査本部設置は部長決裁だ。他の都道府県警本部でも、だいたいそうだろう。

捜査本部となれば、金もかかるし、人員も都合しなくてはならない。港北署に間借りすることになるだろうが、捜査本部ができた署は、その年の忘年会が吹っ飛ぶと言われている。それくらいに、費用の負担が大きいのだ。

人員を都合するのはもっときつい。刑事だけでは間に合わず、地域課や交通課から吸い上げることになるが、三交代で回している所轄のそうした部署からは悲鳴が上がる。

県警本部の負担も大きい。最低でも一個中隊、大きな事案になると、二個ないし三個中隊を投入することになる。

管理官は常駐しなければならないし、場合によっては、捜査一課長も張り付くことになる。

だが、捜査なのだから、そんなことは言っていられない。

板橋は言った。

「捜査本部が怖くて、本部の刑事はやってられないよ」

「刑事総務課としては、正直言って、捜査本部などできてほしくない」

「そうだろうな」

「何とかできないのか」

板橋は驚いた。

「何だって？」

「聞いたところによると、人は死んでないし、怪我もしていないんだろう？」

「そういうことじゃないんだ……」

池辺課長の溜め息が聞こえる。

「部長を説得できるとしたら、あんたしかいないんじゃないのか」

「そういうプレッシャーをかけないでくれ」

電話を切ると、板橋は考えた。

捜査本部設置となれば、部長から指示が来るはずだ。まだ、竜崎部長は何も言ってこない。言われるのを待っていないで、動きだすべきか。それとも、指示があるまでおとなしくしているほうがいいのか……。

板橋は決めあぐねていた。

2

その日の午後五時頃に、矢坂が課長室を訪ねてきた。

「お呼びだそうで……」

「港北署管内の強盗の件で、臨場したそうだな」

「はい」

矢坂は、悪びれた様子もなく、まっすぐに板橋を見返している。

自分と同じ年齢だが、矢坂のほうがくたびれて見える。それだけ、現場を走り回っているということなのだろう。

いや、他人から見れば、二人とも似たようなものなのかもしれない……。

皺の寄った背広を着ており、ネクタイはしていない。だが、ワイシャツは清潔そうだった。

彼は決して身だしなみにだらしがないわけではない。ただ、多少無頓着なだけだ。

警察官らしく、きちんと整髪しているが、寝癖なのか髪が立っているところがある。

「指示を待たずに、飛び出して行ったそうだな」

「捜査はスピードが勝負ですから」

「そのために、所轄もいれば機捜もいる。彼らに任せられないのか」

「単純な事案なら、所轄に任せますよ。でもね、課長。こいつは、連続強盗事件だ」

「確認が取れたのか？」

「何のために、俺が現場に行ったと思ってるんです。そんなの見りゃわかります」

「まだ確証はないんだな？」

「確証は見つけますよ、必ず」

「もし、今回の事案が、連続強盗事件の一つだとして、犯人の目星は？」

「今、絞り込んでいます」

「それは、中隊で捜査を進めているということか？」

「中隊長には、ちゃんと断ってありますよ」

「つまり、おまえが一人でやっているということだな？」

「みんなに迷惑をかけるようなことじゃありません」

「手分けして捜査するのに、迷惑ということはないだろう」

「俺一人で充分だってことです」

「警察ってのはな、そういうもんじゃないんだ」

矢坂は、笑みを浮かべた。たぶん、苦笑だ。

「わかってますよ、課長。俺だって警察がどういうもんか、よくわかってます。だから、中隊長には逆らわないし、課長にだって逆らいはしませんよ」

「本郷部長には逆らっていたようだがな」

「キャリアは別ですよ。連中は、ただ通り過ぎていくだけです。俺たち中隊や小隊のことをわかっているわけじゃないし、土地の事情に通じているわけでもない。そんな連中に、捜査の指揮が執れるわけがない」

「実は、そのことについて、ちょっと話し合わなければならないと思っていたんだ」

板橋は憂鬱な気分だった。部下に小言は言いたくない。特にこの矢坂には……。

板橋は矢坂を認めている。そして、以前は、キャリアに対して、まったく同じように考えていたのだ。

いや、今でも鼻持ちならないと思っているキャリアはいる。だから、矢坂の気持ちがよくわかるのだ。

矢坂が、きょとんとした顔になって言った。

「そのことって、何のことです?」

「部長についてだ」

「部長がどうかしましたか?」

「まあ、座ってくれ」

板橋は課長席で、矢坂はその前に立っていた。板橋は応接セットを指さして言った。

「いえ、自分はこのままでけっこうです。また調べに出なくちゃならないんで……」

「できるだけ手短に済ませるつもりだから、とにかく座ってくれ」

矢坂は、しぶしぶといった様子で応接セットのソファに腰を下ろした。板橋は席を立ち、矢坂の向かい側のソファに座った。

矢坂が、居心地悪そうに身じろぎした。

「何です? 説教でも食らいそうな雰囲気ですが……」

「おまえに説教なんてできない」

「いやいや、そちらは捜査一課長で、俺はただの班長ですから……」

「前任の本郷刑事部長とおまえの折り合いは悪かった。……というより、おまえの部長に対する態度が悪かったんだ」

矢坂は、また苦笑を浮かべた。

「そりゃないでしょう。キャリアに対する思いは、課長だって似たようなものでしょう」

板橋は、何度かうなずいてから言った。

「だから、おまえの気持ちはわからないではない。だがな、今はいい機会なんだ」

「何がいい機会なんです？」

「刑事部長が変わった」

矢坂は、急につまらなそうな顔になった。

「それが何だと言うんです。ほぼ、二年くらいで入れ替わるんですよ。部長なんて、お飾りみたいなもんじゃないですか」

「俺もそう思っていたよ」

「でしょう？　だったら、今さら何だかんだ言うことはない」

「でも、俺は考え方を変えた」

「どう変えたんです？」

「心の底から、自分の上司になってほしいキャリアもいる。過去にそう思うことがあったんだ」

「課長らしくもない。気の迷いでしょう」

「俺にそう思わせてくれたのは、竜崎部長なんだ。初めて会ったときはまだ、大森署長だったがね」

矢坂は、無言でしばらく板橋の顔を見つめていた。その眼にさまざまな感情が見て取れた。驚きと、怒りと、失望と、そして、戸惑い。

しばらくして、矢坂が言った。

「だから何だと言うんです」

「おまえにも、竜崎部長を理解してほしい。それは、きっと損にはならない」

「損にはならんでしょうね。でも、得にもならない。幹部はいちいち捜査の現場に口出ししない……。それでいいじゃないですか。勝手に訓辞でも何でもしゃべらせておけばいいんです」

「署長時代には、捜査本部や前線本部で陣頭指揮を執られていた。竜崎部長は、そういう人だ」

「どんな人だろうと、関係ありませんね。どうせ、一年もしたらいなくなるんでしょうから……」

「竜崎部長は特別だ」

「課長。いったい、どうしちまったんです。捜査のことを何も知らないキャリアに、さんざん振り回されて、俺たち地方《じかた》がどれだけ苦労してきたか。忘れたわけじゃないでしょうね」

「だから、竜崎部長は違うと言ってるんだ」

「どうでもいいです。俺のやることに口出しさえしなければ……。課長は、現実を知らないキャリアたちの防波堤になってくれましたよね。今後も、それを期待していますよ」

矢坂は、まったく聞く耳を持たないという態度だった。捜査能力についての自信が、そうさせているのだろう。

実際に、彼はそれだけの実績を上げてきた。池辺課長から釘を刺せと言われているので、何とかしなければならないのだが……。

板橋は言った。

「部長はすでに、今回の事案が、連続強盗事件の一つかもしれないということを知っている」

「知ってようが、知っていまいが、かまいませんよ」

「捜査本部を設置するかもしれない」

この一言に矢坂は、板橋が予想していたより、ずっと大きな反応を見せた。

目をむいて、怒りを露わにしたのだ。

「捜査本部ですって？ 冗談じゃない。これから人をかき集めて、会議開いて情報共有ですか。そんなことをしている暇はありません」

板橋は、その剣幕に驚いて言った。

「連続強盗事件ともなれば、捜査本部ができても不思議はないだろう」

「ひな壇作って、そこに幹部を並べて、彼らが理解するまで説明しなきゃならないんですよ。時間と労力の無駄です」

「無駄ってことはあるか。これまで、警察の長い歴史の中で、捜査本部は大きな成果を上げてきた。集中的に捜査員を投入するためには、特捜本部や捜査本部が最も有効なんだ」

「今度の件には必要ありません。部長に考え直すように言ってください」

「俺がそんなことを言えるわけないだろう」

さすがに、板橋は腹が立ってきた。もともとそれほど気が長いほうではない。

矢坂が言い返してきた。

「だから、現場を知らないキャリアは黙っていろと言うんです。何もわかってないくせに……」

「竜崎部長は、現場を知らないわけじゃないと言ってるだろう」

「わかってないから、捜査本部なんてことを言い出すんです。伝家の宝刀だと思ってるんですよ」

「重要事案なら集中的に捜査をする。それは当たり前のことじゃないか」

「じゃあ、課長は、捜査本部を作ることに賛成なんですか？」

そう言われて、言葉に詰まった。

できれば、作りたくない。先ほどはそう思っていた。池辺課長も同じようなことを思っているらしかった。

「ほらね」

矢坂が言った。「黙ってるってことは、課長だって必要ないと思っているんでしょう？」

「俺がどう思おうと関係ない。部長が決めることだ」

「止めさせりゃいいでしょう」

「だから、言ってるだろう。そんなことはできないって」

矢坂がこれほど捜査本部設置に反対するとは思わなかった。もしかしたら、本当は捜査本部などうでもいいのかもしれない。できたらできたで、矢坂は黙々と仕事をするのではないだろうか。

たぶん、意地になっているだけなのだ。板橋が竜崎部長の側に立っていることが気に入らないのだろう。

「わかりましたよ」

矢坂がそう言ったので、折れてくれたものと思い、板橋はほっとした。

矢坂の言葉が続いた。

「課長には止められないということですね。では、俺が止めます」

板橋は、あんぐりと口を開けた。

「おまえ、何言ってるんだ？」

矢坂が立ち上がった。

「これから部長に会ってきます」

板橋も立ち上がっていた。

「何をばかなこと……」

「ばかなことじゃないですよ。俺はまっとうなことを要求しに行くんです」

「部長には逆らうなと言ってるんだ。おまえ、いいかげんにしないとクビが飛ぶぞ」

「へえ、正しいと思うことを言うとクビになるんですか。警察って、そんなところなんだ」

「そうだよ。おまえにだってわかっているはずだ」

矢坂は、ふんと鼻で笑って部屋を出て行こうとした。板橋はその腕をつかんだ。

「ばかな真似はやめろ」

矢坂は板橋の手を振りほどいた。

「部長を理解しろと、課長は言いましたよね。会って話をしないと、理解などできないでしょう」

矢坂は課長室を出ていった。

会って話をして理解するというのは、そういうことではないだろう。

板橋は、そう思いながら、矢坂のあとを追った。

3

当然のことだが矢坂は、刑事総務課で止められた。係員が二人、矢坂の前に立ちはだかっている。

すでに退庁時間を過ぎているが、刑事総務課の机の島の向こうにある刑事部長室の前には、まだ決裁待ちの列ができている。並んでいる人々が何事かと、矢坂たちのほうを見ていた。

板橋は後ろから矢坂に声をかけた。

「いい加減にしないか。席に戻るんだ」

矢坂がこたえた。

「言いたいことは言わせてもらいますよ」

「捜査に出かけるんじゃなかったのか？」

「出かけますよ。これが終わったらね」

池辺課長がやってきた。

「何をやっている」

板橋がこたえた。

「矢坂が、部長に話があると言うんだ」

「いったい、何の話だ？」

「捜査本部設置について、抗議すると……」

池辺課長が卒倒しそうな表情になった。

「ばかも休み休み言え。部長に直接抗議するなどと……。手綱《たづな》を締めておけと言ったじゃないか」

そのとき、部長室のドアが開いた。顔を出したのは、竜崎部長本人だった。

「騒がしいな。何事だ？」

その場が一瞬凍り付いたように感じられた。

万事休すだと、板橋は思った。

池辺課長が、慌てた様子で言った。

「あ、何でもありません。お気になさらずに……」

矢坂が池辺課長に言った。

「何でもないということはないでしょう。こうして、部長に話があって来てるんですから……」

それを聞いた竜崎部長が言った。

「俺に話があるって？」

池辺課長は、いっそう慌てた様子になり言った。

「話は、私どもで聞いておきますので……。部長はお仕事をお続けください」

板橋は、もうどうにでもなれという気持ちだった。

竜崎部長が言った。

「何を言っているんだ。部下の話を聞くのも仕事じゃないか」

池辺課長が落ち着きをなくす。

「はあ……。ですが……」

竜崎部長は、そんな池辺課長にはかまわず、板橋に言った。

「俺に話があるというのは、君か？」

板橋がこたえるより早く、矢坂が言った。

「自分です」

竜崎は矢坂を見て言った。

「君は？　捜査一課か？」

「はい」

矢坂が名乗ると、竜崎が尋ねた。

「急ぎか？」

「急ぎです」

すると竜崎部長は、あっさりと言った。

「じゃあ、入ってくれ」

矢坂を一人で行かせるわけにはいかない。板橋は同行することにした。よほど心配だったのか、池辺課長もついてきた。

部長席に戻った竜崎は、三人を前にして言った。

「それで？　用件は？」

こたえたのは、矢坂だった。

「港北署管内で発生した強盗事案です。連続強盗事件の可能性があるのですが……」

部長の質問には課長の板橋がこたえるべきだが、もう矢坂を止められないと思ったので、黙っていた。

池辺課長は、はらはらした顔をしている。

竜崎部長が言った。

「その件は聞いている。それがどうしたんだ？」

「それで？」

「過去三件の手がかりを総合しまして、被疑者を絞り込むのも時間の問題かと思います」

「捜査本部など必要ないと思います」

言っちまったか……。

板橋は顔をしかめた。捜査本部の設置に関しては、一介の捜査員が口出しできることではない。さすがに、竜崎部長も黙ってはいないだろう。

竜崎部長が言った。

「俺もそう思う」

「ですから、自分は……」

矢坂は、そこまで言って、竜崎の言葉に気づいた様子だった。「え……？」

板橋は思わず、竜崎の顔を見つめている。池辺課長も同様だった。

竜崎部長が、言葉を続けた。

「連続強盗事件というのは、たしかに重要事案だ。だからといって、むやみに捜査本部を設置すればいいというものではない」

矢坂が言った。

「幹部に、ころころと意見を変えられると、現場はたまったもんじゃないんですがね」

板橋は矢坂に言った。

「口をつつしめ」

すると、竜崎部長がきょとんとした顔で言った。

「俺は意見を変えたつもりはないが……」

矢坂が言う。

「捜査本部を作るおつもりだったんでしょう。それを、抗議されたからころりと変えられたわけです」

「待ってくれ。俺は、捜査本部を作るなどと言った覚えはない」

どういうことだろう。

板橋は眉間にしわを寄せて、池辺課長を見た。池辺課長が、その視線に気づいた様子で言った。

「あ……、でも、部長は私にこうおっしゃいました。捜査本部はどうだ、と……」

「たしかに言った」

「それで私は、捜査本部を作る準備をしなければならないと考えまして……」

竜崎部長は、今度はあきれたような顔になった。

「俺は、県警本部長や参事官などが、捜査本部について何か言っていないかどうかを尋ねたんだ。作れと言った覚えはない」

池辺課長は、しどろもどろになった。

「あ、いえ、あの……」

「今後、そういう忖度《そんたく》は必要ない。俺の言葉に不明なところがあったら、遠慮なく確認してくれ」

池辺課長が「はい」と言って、頭を下げた。

竜崎部長は、矢坂に視線を移すと言った。

「俺もはなから、君と同じ意見だ。捜査本部で行われる会議など、幹部のためにやるようなものだ」

矢坂は、どうしていいかわからないような顔で突っ立っていた。

竜崎部長の言葉が続く。

「被疑者を絞り込めそうだということだな」

矢坂がこたえた。

「はい。手がかりは、犯人の手口です。宅配便の配達員を装って犯行に及びます。すでに、防犯カメラの映像を複数入手しておりますし、宅配業者の協力も得ておりますので……」

「任せる」

「は……？」

「君に任せると言ってるんだ。そこまで捜査が進んでいるのなら、俺がとやかく言うことはない」

「あの……」

矢坂が戸惑った様子で質問した。「捜査の態勢などは……」

「だから……」

竜崎部長が言った。「すべて君に任せる。他に何かあるか？」

矢坂は、すっかり毒気を抜かれた様子で言った。

「いいえ、以上です」

竜崎部長はうなずき、池辺課長に言った。

「次の面会者を呼んでくれ」

話は終わりだということだ。三人は、礼をしてから退出した。


矢坂たち中江中隊と港北署が、被疑者を確保したという知らせが、板橋のもとに届いたのは、その翌日のことだった。

被疑者の身柄は港北署に運ばれた。捜査一課に戻って来た矢坂を呼び、板橋は言った。

「被疑者確保の報告を、部長にしなければならない。おまえが行くか？」

矢坂は、顔をしかめて言った。

「勘弁してください」

こいつが、竜崎部長を受け入れるのも、時間の問題だな。いや、すでに認めているのかもしれない。
矢坂の様子を見ながら、板橋はそんなことを思っていた。

参事官

1

刑事総務課長の池辺渉は、県警本部長の秘書担当から内線電話を受けて緊張した。

「竜崎刑事部長といっしょに、本部長室にいらしていただきたいとの、本部長の要請です。できるだけ、すみやかにお願いします」

丁寧な言葉だが、つまり、すぐに来い、ということだ。

「わかりました」

電話を切ると、池辺はすぐに刑事部長室の様子をうかがった。いつもと同様に、決裁待ちの列ができている。今竜崎を連れ出せば、並んでる連中に睨まれるだろう。

池辺は溜め息をついた。

誰に怨まれようが、県警本部長の要請が最優先だ。部下に呼びにやらせようかとも思ったが、やはり自分が行くべきだと思い直した。

刑事部長室を訪ねると、竜崎部長は捜査二課長と話をしていた。

「いえ、ですから、慣例として全員出席が原則でして……」

課長といっても、捜査二課長の永田《ながた》優子《ゆうこ》はまだ三十四歳だ。彼女もキャリアだ。捜査二課長は、神奈川県警だけでなく、警視庁などでもキャリアがつとめることになっているが、さすがに女性キャリアは珍しい。

竜崎部長が不思議そうな顔で質問している。

「たかが飲み会に、全員参加なのか？」

永田優子はほほえんだ。不思議なほほえみだ。どこかミステリアスな感じがすると、池辺は思った。

永田課長が言った。

「それが警察というものではないでしょうか」

竜崎部長が言う。

「俺はそうは思わないんだが……」

「とにかく、なるべく出席してください。本部長が主催ということになっているんですから……」

「考えておく」

「お願いします」

永田課長が礼をしてから、振り向いた。それから、池辺にも礼をして退出していった。

竜崎が池辺に言った。

「何だ？」

「本部長がお呼びです」

「急ぎなのか？」

「本部長からの呼び出しは、いつも急ぎです」

「部屋の外に列ができているんだろう？　他にも急いでいる連中がいるんだ」

池辺は驚いて言った。

「本部長をお待たせしろとおっしゃるのですか？　そうは参りません」

竜崎は渋い顔をして言った。

「十五分したら戻ると、外に並んでいる連中に言ってくれ」

「承知しました」

何とか竜崎部長を連れ出すことに成功した。


二人で訪ねていくと、佐藤実《さとうみのる》本部長は、いつもの快活な口調で言った。

「よお、忙しいとこ、すまないね」

竜崎部長がこたえた。

「本当に忙しいのです。ご用件は？」

この言葉に、池辺は目眩《めまい》がしそうになった。県警本部長に対する言葉ではない。だが、佐藤本部長は、まったく気にした様子はなかった。

「まあ、ソファに掛けてよ」

竜崎部長が言う。

「いえ、立ったままでけっこうです」

「あ、そう。じゃあ、できるだけ手短に済ませるから」

「そうしていただけると助かります」

「刑事部に二人の参事官がいるよね」

竜崎が怪訝そうな顔をした。

「阿久津参事官は知っていますが……」

「もう一人いるじゃない。組対本部長の平田《ひらた》だよ」

組対本部、つまり組織犯罪対策本部の平田清彦《きよひこ》警視正だ。

「そうでしたか。平田組対本部長は、参事官の兼任だったんですか……」

「何だよ。知らなかったの？」

「今日初めて聞きました」

そんなはずはないと、池辺は思った。着任したときに、ちゃんと説明したはず……。そこまで考えてから、急に自信がなくなった。

そう言えば、阿久津の紹介はしたが、平田組対本部長が参事官を兼ねていることを伝えていなかったかもしれない。

「たまげたね」

佐藤本部長が言った。「部長が参事官のことを知らなかったなんて、前代未聞だよ」

「彼のことは、あくまで組対本部長として認識していましたので……」

「まあいいや。前任の本郷部長から何か聞いてない？」

「何かとおっしゃいますと……？」

「二人の参事官の折り合いが悪い、とかさ……」

「いえ。何も聞いておりません」

「阿久津はキャリアでさ、平田は地方《じかた》だろう。あの二人、仲悪いらしいんだよね」

「仲が悪い……？」

「そう。本郷部長は、それを見て見ない振りをしていたんだ。そいつをさ、あんたに何とかしてもらおうと思ってさ」

「子供じゃないんですから、放っておけばいいでしょう」

池辺はまた目が回りそうになった。本部長の指示に逆らうような発言をするなど、池辺にとっては信じられないことだ。

「そうもいかないんだよ。ほら、うちのカイシャって、マスコミが常に眼を光らせているだろう。些細《ささい》なことが不祥事につながりかねないからね。これ、特命だよ」

「特命というのは、便利な言葉ですね」

「気に入らない？　じゃあ、密命って、どう？」

竜崎はこたえた。

「刑事部長として、部下の動向には責任がありますから、様子を見ることにします」

佐藤本部長が言った。

「そう。じゃ、頼むよ」

「永田捜二課長から、飲み会に出るようにと言われましたが……」

竜崎部長が、突然話題を変えたので、池辺は驚いた。

佐藤本部長がこたえる。

「出席してくれる？」

「全員出席が原則とうかがいましたが……」

「そう言っておかなきゃ、誰も来ないじゃない。ぜひ、来てよ」

それで話は終わりだった。

本部長室を出ると、池辺は恐る恐る尋ねた。

「あの……。平田さんが兼任参事官だということは、本当にご存じなかったのでしょうか」

「もしかしたら聞いたことがあるかもしれないが、本部長にも言ったとおり、彼は組対本部長としか思っていなかったからな……」

「もう一つ質問してよろしいですか？」

「ああ、何だ？」

「飲み会というのは、キャリア会のことですか」

「そうだ。県警本部では、恒例だと聞いたが本当なのか？」

「そのようですね」

「ならば、考えておく。とりあえず、予定空けておいてくれ」

「かしこまりました」

刑事部長室の前まで来て、池辺が刑事総務課の席に戻ろうとすると、竜崎部長に呼び止められた。

「ちょっと入ってくれ」

「はい……」

「ドアを閉めて」

言われたとおり、刑事部長室に入ってドアを閉めた。すると、竜崎部長が言った。

「佐藤本部長の話は本当なのか？」

「阿久津参事官と、平田組対本部長のことですか？　まあ、そういうことになっていますね」

「ノンキャリアの連中の中には、キャリアを露骨に嫌っている者がいるようだ」

「はい……」

竜崎部長が誰のことを言っているのか、池辺には想像がついた。

「阿久津参事官と平田組対本部長の対立の原因も、それなのだろうか」

「そうかもしれません」

実は、池辺にはまったく理由がわかってなかった。だが、竜崎が言ったことは充分に考えられると思った。

「だとしたら、平田組対本部長のほうが阿久津に対して反感を抱いているということになるな」

「どうでしょう……」

「何かわかったら、教えてくれ」

「はい……」

「じゃあ、次の面会者を呼んでくれ」

池辺は、列の先頭で待ちぼうけを食らっていた面会希望者を呼び入れ、部長室を出た。

その日の午後四時過ぎに、県警本部内がにわかに慌ただしくなった。横須賀で発砲事件の一一〇番があったという無線が流れたのだ。

特に、薬物銃器対策課を抱える組対本部は対応に追われた。薬物銃器対策課の吉村《よしむら》課長は、管理官らを集めて情報を収集している様子だ。

その吉村課長を平田組対本部長が呼んで事情を聞いている。池辺は、組対本部の動きが気になって、しばらく彼らの様子を見ていた。

そこに阿久津参事官がやってきた。

「こんなところで何をされているんです？」

阿久津にそう言われて、池辺は慌てた。

「いえ、組対本部の対応が気になりまして……。マスコミ対策も必要ですし……」

阿久津はキャリアなので若い。まだ四十一歳だったはずだ。九歳も年下だが、階級は警視正で、池辺より上だ。だから、敬語を使うことにしている。

「マスコミ対策なら、私に任せてください」

「はあ……」

阿久津は、のっぺりとした顔をしている。表情が乏しくて、何を考えているのかよくわからない。その無表情な顔を自分に向けているので、池辺は落ち着かない気分になった。

どうやら何事か考えていたらしい。やがて、阿久津は言った。

「組対本部から事情が聞けたら、それを部長に報告するつもりです。あなたもいっしょに来てください」

池辺は慌てた。

「報告に、私は必要ないでしょう」

「部長が何かしようと思ったら、どうせ刑総課長を呼ぶことになるじゃないですか」

「それはそうですが……」

「ならば、いっしょにいらしたほうがいい」

池辺は逆らう必要もないと思い、阿久津についていった。阿久津は平田組対本部長に近づいた。

平田組対本部長は、本部長室から出て吉村薬物銃器対策課長と立ったまま話し込んでいる。

阿久津参事官を見ると、平田組対本部長が言った。

「何の用だ？」

ひどくつっけんどんな言い方だ。それに対して、阿久津参事官はあくまでも無表情に言った。

「状況を教えてほしい」

「何の状況だ」

「発砲事件に決まっている」

「まだ何もわかっちゃいないよ」

「私はマスコミじゃない。表向きの返事が聞きたいわけじゃないんだ。発砲事件とくれば、まず考えられるのは暴力団関係……。そして、横須賀という土地柄を考えれば、米軍絡みか……」

「だから、まだわかっていないと言ってるだろう」

「今わかっていることだけでも報告してほしい」

「なんであんたに報告しなけりゃならんのだ」

「私は参事官だから、事態を把握して部長に報告する責任がある」

「俺だって参事官なんだよ」

「今は組対本部長の仕事に集中すべきだろう」

「あんたに、そんなこと指示される筋合いはない」

だんだんと二人の声が大きくなってくる。池辺は、はらはらしながら二人の様子を見ていた。

阿久津参事官が平田組対本部長に向かって言った。

「このままでは埒《らち》が明かない。いっしょに、来てくれ」

「どこに行こうと言うんだ」

「部長のところに行く」

「必要ない」

「参事官なんだから、逐一《ちくいち》報告する義務がある」

「今はまだ、必要ないと言ってるんだ」

「私は、逐一と言ったんだ。まず、第一報を入れる必要がある」

「時期を見て、俺がちゃんと報告するから、あんたは引っ込んでいてくれ」

「そうはいかない。さあ、いっしょに来るんだ」

平田組対本部長は、舌打ちをした。

阿久津参事官が歩き出すと、そのあとについていった。平田本部長が阿久津参事官に従うことが意外だった。池辺はそんなことを思いつつ、二人のあとを追った。

部長室の手前に来ると、平田組対本部長が池辺に言った。

「なんであんたがついてくるんだ？」

「あ、いえ……。あの……」

口ごもっていると、代わりに阿久津参事官が言った。

「私がいっしょに来るように言ったんだ」

平田組対本部長が言った。

「じゃあ、さっそく役に立ってもらおう。すぐに部長に面会したいと伝えてくれ」

すると、阿久津参事官が言った。

「その必要はない。私たちは参事官だぞ」

そして彼は、決裁待ちの列を無視して、刑事部長室のドアをノックした。


三人が入室すると、竜崎は挨拶もなしに言った。

「横須賀の発砲の件か？」

阿久津参事官がこたえる。

「はい。組対本部長から直接報告を受けるのがいいと思いまして……」

平田組対本部長が阿久津参事官に言った。

「だから、報告するほどのことはまだないって言ってるだろう」

竜崎が平田組対本部長に言う。

「これまでの経緯だけでもいい。報告してくれ」

平田組対本部長が渋い表情のまま報告を始めた。

一一〇番通報は、午後四時三分のことだった。「銃声が、二回聞こえた」と電話の向こうの人物は言った。

通報者は、高校生だということだった。現在、横須賀署が捜査に当たっているという。

「現時点ではそれだけです」

平田組対本部長が竜崎部長に言った。「発砲の場所も着弾の場所も、まだ判明していません。したがって目撃情報もなければ、鑑識の報告もありません」

竜崎部長は、不思議そうな顔をしている。奇妙な沈黙の間があった。

「通報者は高校生だって？」

「はい、そうです」

竜崎部長が言い、それに平田組対本部長がこたえた。

「今どきの高校生は、銃声を知っているのか？」

「え……」

不意をつかれたように、平田組対本部長が目を丸くした。

「俺は、警察に入って初めて銃声を聞いた。それが、テレビや映画の銃声とまったく違うので驚いた。テレビで昔から使われている、あのバキューンという音は、いったい何なのだろうな。実際の銃声は、バンという火薬の破裂音だ」

平田組対本部長が言う。

「そうですね……」

「その高校生は、警察に通報するほど確信を持っていたわけだ。つまり、銃声がどんなものか知っていたということだろうか」

平田組対本部長がこたえに詰まると、代わりに阿久津参事官が言った。

「最近の海外映画などでは、けっこうリアルな銃声を使っていますよ」

竜崎部長が聞き返した。

「そうなのか？」

「そうです。昔とは違います。それに、最近ではそれほど確信がなくても一一〇番する傾向があります」

竜崎部長は、平田組対本部長を見て言った。

「どう思う？」

「はあ……。映画のことは、私にはよくわかりません」

「阿久津参事官が言うように、それほど確信がなくても一一〇番する傾向があると思うか？」

「いえ、私はそうは思いませんが……」

それに対して、阿久津参事官が言った。

「昔と違い、今はみんな手元に携帯電話を持っていますから、通報に対する心理的なハードルはずいぶん低くなっていると思います」

平田組対本部長が、正面を向いたまま言った。

「携帯電話を持っているからといって、一般人がおいそれと警察に電話をするとは思えません」

「一一〇番の件数自体も増えているし、いたずらや誤報も増えているんです」

直接向かい合ってはいないが、彼らは言い合いを始めている。竜崎部長はその様子をじっと見つめていた。

やがて竜崎部長が言った。

「違和感があるんだ」

二人の参事官は、口をつぐんで竜崎部長を見た。池辺も同様だった。

阿久津参事官が尋ねた。

「違和感ですか？」

竜崎部長がうなずいた。

「そうだ。高校生が発砲の通報をしたということを、すんなりと受け止められない」

阿久津参事官が言った。

「わかりました。承っておきます」

本気で竜崎部長の言うことを聞いているのだろうか。阿久津参事官があまりに淡々としているので、池辺はそんな疑問を抱いていた。

「ところで……」

竜崎部長が言った。「二人はえらく仲が悪いということだが……」

そのストレートな物言いに、池辺は驚いていた。

2

平田は絶句していた。どうこたえていいのかわからないのだろう。

それに対して、阿久津はかすかに笑みを浮かべて言った。

「そんなことを、誰が言いました？」

「誰が言っているかは問題じゃない。本当に仲が悪いのかどうかが問題なんだ」

阿久津は肩をすくめた。

「別に仲よくする必要はないでしょう」

「その通りだ。仕事に支障がなければ、それでいいと、俺は思っている」

「支障はないと思います」

どうかな、と池辺は思った。二人が対立すれば、この先どういうことが起きるかわからない。

これまでは、問題が表面化したことがなかった。しかし、それは彼らが直接ぶつかるような場面がほとんどなかったからではないだろうか。

前任の本郷部長の、我関せずという方針が、かえって奏功していたともいえる。キャリアの阿久津を常に自分の側に置き、平田には組対本部長専任のような仕事をさせていたのだ。

「そうか。それならいい」

竜崎部長が阿久津に言った。「君は、キャリア会には出席するのか？」

池辺は、はっとして平田の様子をうかがった。露骨なキャリア同士の話題は、平田にとっては不愉快なはずだった。

平田の後ろ姿しか見えない。池辺には彼の気持ちは読み取れなかった。

阿久津がこたえた。

「はい。私は必ず出席しておりますので……」

「そうか。わかった。話は以上だ」

三人は部長席に向かって礼をした。退出しようとすると、竜崎が言った。

「刑事総務課長は残ってくれ」

二人の参事官が出ていくと、池辺は言った。

「何かご用でしょうか」

「訊きたいことがある」

「何でしょう？」

「彼らはどうして二人そろってやってきたんだ？」

「はあ……。実は……」

池辺は、二人がここに来る前に言い合いをしていたことを話した。

「言い合い……？」

竜崎部長が聞き返したので、池辺はこたえた。

「はい。言い争いというほどではないし、単なる話し合いでもなかったので、言い合いとしか言いようがありません」

「喧嘩をしていたということか？」

「いえ……、喧嘩をしていたわけではありません。事案の扱い方について、多少考え方の違いがあるようでして……」

「どういう違いだ？」

池辺は、しばし考えてからこたえた。

「阿久津参事官は、部長に逐一報告すべきだとおっしゃり、平田組対本部長は、状況の把握ができてから報告するというお考えのようでした」

「わかった」

竜崎部長はそれだけ言って、机上の書類に眼をやった。話は終わりだということだろう。池辺は、再び礼をして部長室を出た。


その翌日のことだ。池辺は平田から内線電話を受けた。

「部長に会えるか？」

「どうしました？」

「発砲の件だ。被疑者が特定できた。報告したい」

「そういうことなら、いちいちアポは必要ありません。阿久津参事官もそうおっしゃっていたでしょう」

「俺は段取りを踏まないと気が済まない質《たち》なんだよ」

「すぐに来てください。部長に知らせておきます」

「頼む」

部長室に行き、平田の言葉を伝えると、竜崎は言った。

「阿久津参事官にもいっしょに来るように言ってくれ」

「承知しました」

「それと、君も同席するように」

「私が、ですか……」

「本部長の特命だ」

池辺はびっくりして言った。

「特命を受けたのは私ではありません」

「そうか？　あの場には君もいた。俺たち二人が特命を受けたんだと、俺は思うが」

池辺は何も言い返せなかった。

五分後には、部長室にまた阿久津、平田、池辺の三人が顔をそろえていた。

竜崎部長が言った。

「被疑者が特定できたって？」

「はい」

平田が言った。「通報者の同級生でした」

「ほう。知り合いだったのか」

「通報者は横須賀市内の不良グループの一員で、被疑者に金品を要求したり、暴力を振るうなどの行為を日常的に繰り返していたようです。たまりかねた被疑者は、元米軍関係者から拳銃を購入しました。そして、通報者に向かって威嚇《いかく》のために二発、発砲したのです」

「たまたま銃声を聞いた高校生が一一〇番通報をした、という話よりも、今の説明のほうが納得できる」

平田が言いづらそうに付け加えた。

「部長の勘のお陰です。違和感があるとおっしゃったので、通報者の周辺を詳しく当たってみたのです」

「違和感は、勘じゃない。経験則だよ」

平田は何も言わなかった。

阿久津が竜崎部長に言った。

「平田組対本部長から報告を受けられるのでしたら、私が同席する必要はないと思いますが……」

竜崎部長が阿久津に言った。

「被疑者が特定できたことについて、どう思う？」

「何よりだと思います」

「平田組対本部長は、俺が言ったことを本気で考えてくれたようだ。現場をよく知っているからだろう」

「所属長ですから、現場をよく知っているのは当然のことでしょう」

「君は、俺の違和感のことなんか、忘れていたんじゃないのか？　同じ参事官なのに、この違いは何だ？」

「決して忘れてはおりませんでした。捜査に関しては組対本部長に任せておりました」

竜崎部長がうなずいてから言った。

「マスコミ対応は、阿久津参事官の役目だな？」

「ただちに記者発表の準備をします」

平田が阿久津に言った。

「発表は、もうしばらく待ってくれ」

それに阿久津が言い返す。

「被疑者が判明したら、すみやかに発表すべきだろう」

「拳銃の入手先を特定したい。今記者発表をすると、銃を売ったやつが姿をくらます恐れがある」

「だからといって、マスコミに隠し事をすべきじゃない」

「マスコミ報道が捜査の妨害になることだってあるんだ」

「知る権利を無視するわけにはいかない」

竜崎部長は黙って阿久津と平田のやり取りを眺めている。部長の目の前で、許しも得ずに議論を始めた二人を見て、池辺は気が遠くなりそうだった。

平田が、はっと気づいたように竜崎部長のほうを見て、気まずそうに言った。

「失礼しました」

「かまわない」

竜崎部長が言う。「続けてくれ」

阿久津が言った。

「続けろと言われましても、もう言うことはありません」

竜崎が問う。

「じゃあ、マスコミ対策はどうするんだ？」

「拳銃の入手先を特定するのが先決だという、平田組対本部長の方針は理解しました。それからにします」

「平田案を呑むということだな？」

「銃器や薬物については、販売ルートの解明が何より重要ですから……」

「わかった。他に何か……？」

「いえ、以上です」

全員が退出しようとすると、竜崎が言った。

「平田組対本部長と、池辺課長は残ってくれ」

阿久津は無表情のまま部屋を出ていった。

竜崎が平田に言った。

「一つ、訊きたいことがある」

「何でしょう？」

「キャリア会について、どう思っている？」

「ああ……。キャリアの飲み会ですか？　気の毒だと思いますね」

「気の毒……？」

「何だか堅苦しそうじゃないですか」

「そうなのか？　俺は参加したことがないのでわからないんだが……」

「どうせ、上に気を使わなければならないんでしょう？　私はそんな飲み会、勘弁してほしいですね」

「キャリアだけが集まることに、反感を抱いているんじゃないのか？」

「キャリアの人たちは、二年ほどで入れ代わりますからね。私ら地方《じかた》と違った形の親睦会が必要なんじゃないですか。先ほども申しましたように、いろいろ気を使ったりして、気の毒だと思うだけです」

「わかった」

「もう、いいですか？」

「ああ、ご苦労だった」

平田が出ていくと、竜崎部長が池辺に尋ねた。

「今の平田組対本部長の言葉、どう思う？」

「どう、と言われますと……？」

「本音だと思うか？」

「ええ。嘘を言っているようには思えませんでした」

「そうか。俺もそう思う」

「はあ……」

竜崎部長は何を考えているのだろう……。

「もういいぞ」

そう言われたので、池辺は刑事部長室をあとにした。


その翌日には、発砲した高校生に拳銃を売った人物が特定できた。かつてアメリカ海軍にいた男で、米国籍だが、すでに退役しているので、何の問題もなく横須賀署で身柄を拘束した。インターネットを通じて、売り買いしたのだそうだ。

発砲に関しては、少年事件として相応の処置がとられた。

記者発表が無事に終わり、ほっとしていた池辺は、竜崎部長に呼ばれた。

「何でしょう？」

「すぐに、本部長に報告に行く。アポを取ってくれ」

「了解しました」

「君も同席してくれ」

何のために私が、と思ったが、池辺は何も言わず指示に従った。

本部長室を訪ねると、佐藤本部長が言った。

「よう。発砲事件、ヤクザでも軍関係でもなかったんだな。高校生だって？」

「はい」

竜崎部長がこたえる。「しかし、被疑者に拳銃を売ったのは、元米軍関係者です」

竜崎は、事件の経緯を詳しく報告した。話を聞き終えた佐藤本部長が言う。

「発砲した少年の氏名の扱いとか、拳銃を売った人物の実名なんかについては、だいじょうぶだろうね」

「阿久津参事官に任せてありますので、間違いはないと思います」

「そうそう。その阿久津だけど、平田とのこと、どうなの？」

「特命の件ですね？」

「特命の件だ」

「では、ご報告します。阿久津参事官と、平田組対本部長の関係は、きわめて良好です」

この言葉に、池辺は驚いた。あの二人のどこを見れば、「関係は、きわめて良好」などと言えるのだろう。

佐藤本部長も意外そうな顔をした。

「え？　そうなの？　本当に関係が良好なの？」

「はい。私一人では判断を誤ることもあると思い、二人と会うときはなるべく、池辺課長に同席してもらいました」

「なるほど……。じゃあ、説明してもらおうか。二人の関係が良好なのに、どうして皆、不仲だと思っているのか……」

「彼らが、遠慮や気がねなく、意見をぶつけ合うからだと思います」

「意見が衝突するのは、反《そ》りが合わないからじゃないの？」

「そうではないと思います」

「根拠は？」

「阿久津参事官は普通、誰に対しても敬語を使います。でも、平田組対本部長にだけは、いわゆるタメロなのです」

「そうだっけか……」

そう言われれば……。池辺は考えた。

たしかに、竜崎部長が言うとおりかもしれない。

「間違いありません。それは、阿久津参事官が、平田組対本部長だけには気を許しているからだと思います」

「ふうん……」

「私は、二人を挑発してみました」

「挑発……？」

「はい。もし、二人が対立関係にあるのなら、挑発することで、本音を聞けると思ったのです」

「どういうふうに挑発したの？」

「まず、平田組対本部長の目の前で、阿久津参事官とキャリア会の話をしました。もし、平田組対本部長が、阿久津参事官に対して憎悪を感じているとしたら、そのもとにあるのは、キャリアに対する反感なのではないかと思いまして……」

「それで？」

「平田組対本部長は、キャリアについて何とも思っていない様子でした。それについては、池辺課長にも確認を取りました」

「そうなの？」

佐藤本部長が池辺に尋ねた。池辺は慌てて「はい」とこたえた。

佐藤本部長が竜崎部長に、話を続けるようにうながした。

「阿久津参事官には、平田組対本部長に比べて現場感覚が劣っているような言い方をしてみました。それに対して、阿久津参事官はほとんど反応しませんでした」

「あいつ、たいていのことに反応しないからなあ……」

「その結果、二人の間に反目などないと、私は結論しました。あの二人は、気兼ねなく何でも言い合える仲だということです」

「ふうん……。じゃあ、本郷前部長は間違っていたというわけ？」

「無視していたのが、かえってよかったのでしょう」

その点は、池辺と同意見のようだ。

佐藤本部長が言った。

「何だか、肩透かし食らったみたいだなあ。あんたの言葉、信じていいんだよね？」

「私は、今申したように判断いたしました」

「そう。じゃあ、信用するよ」

「二人の参事官ですが……」

「ん……？」

「一人がキャリアで一人がノンキャリア。それがよかったのだと思います。阿久津参事官は、平田組対本部長の現場感覚や経験を頼りにしています。一方で、平田組対本部長は、阿久津参事官の判断力を評価しています。年齢に十歳ほどの差がありつつ、階級が同じ警視正だということで、独特の関係が構築されているのだと思います」

「なるほどね……」

「しかし……」

「しかし、何だ？」

「実のところ、阿久津参事官が何を考えているのか、まだよくわかりません」

「だからさ、飲み会やるんだよ。明日の十九時からだからね。すっぽかしたりしないでよ」

「何も起こらなければ、だいじょうぶです」

竜崎部長と池辺は、本部長室を出た。

「いや、驚きました」

池辺は竜崎部長に言った。「あの二人の関係については、目からウロコの思いです。私が同席するようにおっしゃった意味も初めて理解できました」

「そうか」

「しかし、同席しながらも、私には彼らの関係を見抜くことができませんでした。いや、恐れ入りました」

「ああ言っておけば、本部長も満足だろう。不仲な連中を何とかしろと言われても困る」

「え……?」

阿久津参事官と平田組対本部長が、互いにどう思っているかなんて、俺にわかるはずがない」

池辺は、唖然として竜崎部長を見ていた。彼の言葉が続いた。

「だがな、あの二人がいっしょになると間違いなくいい仕事をする。それでいいんだと思う」

「僭越《せんえつ》ながら申しあげますが……」

池辺は言った。「さきほど、部長がおっしゃったことに、間違いはないと思います。あの二人は、実はとても気が合うのだということに、今さらながら気がつきました。部長の慧眼《けいがん》のおかげです」

「俺は、人間関係には興味がないんだ」

そう言うと、彼は刑事部長室に向かった。

池辺はその後ろ姿を、これまでとは違った新鮮な気分で眺めていた。

審議官

1

横須賀で起きた殺人・死体遺棄事件の捜査本部が解散し、竜崎は月曜日から神奈川県警本部に戻ってきた。

溜まりに溜まっている決裁書類に判を押していると、池辺渉刑事総務課長から電話があった。

「本部長がお呼びです」

県警本部のトップが呼んでいるということは、何をおいてもすぐに来いということだ。

「わかった」

竜崎はすぐに、二階下の九階にある県警本部長室に向かった。面会待ちの列を追い越してドアをノックする。

「お呼びだそうですね」

机の向こうの佐藤実本部長がこたえた。

「ああ。横須賀の件、ご苦労さん」

「先ほど連絡がありまして、送検が無事に済んだそうです」

「思ったより早期の解決でほっとしてる」

「はい」

「……でね、その捜査で、米海軍犯罪捜査局の協力を得たよね」

嫌な流れだと、竜崎は思った。

「すでに報告したとおりです」

「うん。まあ、遺体の発見場所がヴェルニー公園で、米海軍基地のすぐそばだし、当初、被疑者が米軍関係者じゃないかって疑いがあったんだよね。それで、海軍犯罪捜査局の協力が必要になった……」

「おっしゃるとおりです」

「NCISって言うんだよね、海軍犯罪捜査局は……」

「はい、そうです」

佐藤本部長が何を言いたいのかわからなかった。本部長の物言いはいつも、きわめて明快だ。こうして、探るように遠回しな言い方をするのは珍しい。

「そのNCISの特別捜査官がさ、東京都内で捜査活動をしたって言うじゃない」

その事実を知っている捜査幹部は、警視庁の伊丹俊太郎刑事部長だけのはずだ。

「被疑者が、横須賀を出て、海路で千葉の浜金谷《はまかなや》に向かい、さらに陸路で東京に向かいました。うちの捜査員がそれを追ったのですが、その中の一人が、NCISのリチャード・キジマという特別捜査官だったのです」

「わかんないのは、そこなんだよ。なんで、うちの捜査員の中に、そのキジマという人が混じってたわけ？」

「本人の希望で、彼が捜査本部に参加していたからです」

「それ、俺が知らないの、問題だよね？」

「私の責任で済むと判断しました。私が捜査本部の責任者でしたので」

「うーん」

佐藤本部長は、困ったような顔になった。「いや、刑事部長の判断なんだからそれでいいと、俺は思うよ。でもさ、なんか、納得していない人もいてさ……」

「納得していない人……？」

「警察庁長官官房の審議官が、説明を求めているんだ」

「長官官房の審議官……」

「そう」

「総括審議官ですか？」

警察庁長官官房には、審議官が何人かいる。筆頭は、総括審議官だ。その下に政策立案総括審議官がいて、さらに、局を担当する審議官がいる。

総括審議官は局長級だが、その他の審議官は局次長級だ。まあ、わかりやすく言えば、長官の次に偉い人たちということになる。階級も、竜崎より一つ上の警視監だ。

佐藤本部長がこたえた。

「いやいや、総括じゃなくて、刑事局担当の審議官だ」

「刑事局担当……。たしか、長瀬《ながせ》友昭《ともあき》審議官ですね？」

「そうだ。俺より三期上だ。俺、苦手なんだよね、あの人……」

話が警察庁の審議官まで行っており、その審議官が問題視しているということなら、もう言い逃れはできない。

「わかりました」

竜崎は言った。「私が説明に参りましょう」

「あ、そうしてくれる？」

「先ほども申しましたように、責任は私にありますから」

「相手は審議官だから、部長一人で行かせるわけにはいかない。俺も行かなくちゃならないだろうなあ……」

佐藤本部長は、本当に嫌そうだった。

「いつ出頭しますか？」

「出頭って言うなよ。訪問でいいよ。今日の午後三時に来いって言われているから、一時半には出発しよう」

相手が審議官となれば約束に遅れるわけにはいかない。

「わかりました。では、一時半に……」

竜崎は刑事部長室に戻ると、すぐに伊丹部長に電話をした。

「どういうことだ？　なんで話が警察庁の審議官まで行ってるんだ？」

「おい、何の話だ？」

「リチャード・キジマのことだ」

「誰だ、それ」

「ＮＣＩＳの特別捜査官だ。神奈川県警で研修をしているということで、納得したんじゃなかったのか」

「俺は納得したよ」

「じゃあ、何で審議官が知ってるんだ？」

「俺は審議官に話した覚えはない」

「おまえが直接話したとは言っていない。刑事局から上がったんだろう。キジマ特別捜査官が都内の捜査に参加していたことは、おまえしか知らなかったはずだ。おまえから上に伝わったはずだ」

「俺は一言も言ってないよ。たぶん、参事官が報告したんだ」

「参事官……？」

「そうだよ。俺じゃない。参事官だ。その話が警察庁の刑事局に行ったに違いない」

言い逃れをしているのだろうと思った。

だが、これ以上伊丹を責めても仕方がない。

「今日の三時に、俺は佐藤本部長といっしょに審議官を訪ねることになっている」

「どの審議官だ？」

「刑事局担当だ」

「じゃあ、長瀬審議官だな？」

「そうだ」

「そりゃあ、たいへんだぞ。一筋縄ではいかない人だ」

「おまえがしゃべらなければ、こんなことにはならなかった」

「俺じゃないと言ってるだろう。参事官だよ。それにな……」

「何だ？」

「そもそもは、おまえがＮＣＩＳの捜査官なんかに都内で捜査させるから悪いんだ」

「別に悪いことをしたとは思ってない。これ以上話が広がらないように、くれぐれも注意してくれ。噂には尾ひれがつくからな」

「ああ、わかってるよ」

「話はそれだけだ」

竜崎は電話を切った。

そして、なるほど、と思った。何かまずいことがあったら、俺も阿久津参事官のせいにする手があるか……。


午後一時半に、本部長の公用車で出発した。対策を話し合いたいので同乗してくれと、本部長に言われたので、竜崎は部長用の公用車ではなく、本部長の車にいっしょに乗り込んだのだ。

「長瀬審議官ってのは、すっごい偉そうな人でさ」

いっしょに後部座席に収まっている佐藤本部長が言った。「あ、いや、実際に偉い人なんだけどね」

竜崎はこたえた。

「おっしゃりたいことはわかります」

「機嫌を損ねると面倒なことになるよ」

「別に機嫌がどうのこうのという話ではないでしょう。事情を説明しろと言うのなら、事実をそのまま説明するだけです」

「そうは言ってもなあ……。何とか穏便に済ませたいよなあ」

「私だって穏便に済めばそれに越したことはないと思います。しかし、こうして呼び出されること自体、すでに穏便ではありません」

「いやあ、それが宮仕えの辛いところでさ。偉い人に来いと言われたら、すっ飛んで行かなきゃならない」

「私も本部長に呼ばれたら、すぐに行きますからね」

「そういうもんだよ」

「しかし、これは時間の無駄です。説明を聞きたいのなら、電話でも済むはずです。警察幹部は暇じゃないんですから。他にやるべきことがたくさんあります」

「頼むから、それ、長瀬審議官に言わないでよ」

高速道路も思ったより空いており、車は約束の二十分前に、警察庁に到着した。

竜崎と佐藤本部長はまず、長官官房総務課に向かった。

佐藤本部長が言った。

「総務課は、刑事部長の古巣だろう」

「はい」

家族の不祥事があり、降格人事で大森署に異動になる前、竜崎は佐藤本部長が言うとおり、長官官房総務課にいた。

「懐かしいんじゃないのか?」

「いえ、特にそうは思いません」

それは本音だった。自分でも驚くほど感慨がなかった。審議官との面会に集中したいと思っていたからかもしれない。

あるいは、知っている顔が思ったより少なかったからかもしれない。警察庁職員は短期間で異動してしまうのだ。

総務課で来意を告げると、すぐに審議官室に案内された。部屋の外の廊下にベンチがあり、そこで待たされた。

県警本部長や部長ともなると、普段はそんな扱いをされることがない。さすがは審議官だと思いながら、竜崎は呼ばれるのを待っていた。

午後三時ちょうどに、秘書らしい男に入室をうながされた。

佐藤本部長、竜崎の順で入室する。二人は、体を十五度に折る、正規の敬礼をした。

大きな机の向こうに、きちんとした背広姿の審議官がいた。恰幅《かっぷく》がいい。太めの男は柔和に見えることが多いが、長瀬審議官は違った。

その眼のせいだと、竜崎は思った。眼鏡をかけており、その奥に細くて表情がよくわからない目があった。

佐藤本部長が言った。

「神奈川県警の佐藤と竜崎、参上いたしました」

おもむろに長瀬審議官が言った。

「竜崎？　総務課にいた竜崎か？」

竜崎はこたえた。

「はい、そうです」

「何で君がいっしょなんだ？」

「今、神奈川県警本部の刑事部長をしておりますので」

「警視庁に出向になり、所轄の勤務になったと聞いた。てっきり、警察を辞めたものと思っていたがな……。それが部長か」

「はい」

「私は、佐藤本部長に説明に来るようにと言ったんだ」

すると、佐藤本部長がこたえた。

「竜崎部長は、横須賀の現場で指揮を執っていましたので、事情をよく知っているんです」

「そんなことはどうでもいい。私は責任者の話が聞きたかったんだ」

竜崎は言った。

「リチャード・キジマ特別捜査官について、事情をお知りになりたいということですね。でしたら、責任者は私です」

「誰だ、それは」

「ＮＣＩＳ、つまり米海軍犯罪捜査局の特別捜査官です」

「責任者は自分だと、君は言ったが、それは思い上がりだ。神奈川県警で起きるすべての事柄の責任は、本部長にあるんだ」

「ごもっともです」

佐藤本部長が言った。「私は責任逃れをするつもりはありません。事情を詳しく知る刑事部長のほうが、報告には適任だと思っただけです」

長瀬審議官は、佐藤本部長を見て言った。

「では、事実の確認をさせていただく。ＮＣＩＳの捜査官が、都内で捜査活動をしたということだが、それは事実か？」

「竜崎部長からおこたえしてもよろしいでしょうか」

長瀬審議官は、眼鏡の奥の細い目を竜崎に向けた。

「いいだろう。こたえてもらおう」

竜崎はこたえた。

「はい。それは事実です」

「それについて、事前に警視庁に知らせがなかったということだが、それは本当か？」

「はい。そのとおりです。その必要はないと判断しました」

「余計なことは言わなくていい。質問されたことだけにこたえろ。そのＮＣＩＳの捜査官は何をしていたんだ？」

「ただの捜査官ではなく、特別捜査官です。連邦職員ですので」

「余計なことは言うなと言ってるんだ」

「殺人及び死体遺棄の被疑者を追っていました」

「被疑者は日本人で、日本国内で起きた事件なんだな？」

「そうです」

「それなのに、ＮＣＩＳの特別捜査官がその被疑者を追っていたというんだな。そんな権限はないはずだ」

「おっしゃるとおり、ＮＣＩＳが捜査できるのは、アメリカ合衆国の海軍基地の中だけですし、捜査対象は軍人及び軍属です」

「そんなことは知っている」

「質問にこたえろと言われましたので……」

「私が訊きたいのは、どうしてその何とかという特別捜査官が、日本国内の事件の捜査をしていたのか、ということだ」

「本人の希望で、横須賀署に設置されていた捜査本部に参加していたからです」

「捜査本部に参加していた？　なぜだ？」

竜崎は経緯を説明した。

被疑者が米海軍基地に逃げ込んだのではないかという疑いがあり、捜査させてくれと、米軍に交渉した。

その結果、ＮＣＩＳが捜査を担当するということになったのだ。その後、被疑者が米軍関係者だという疑いは薄れたが、リチャード・キジマ特別捜査官は、横須賀署の捜査本部で引き続き捜査をすることを望んだ。

竜崎はそれを認めて、神奈川県警捜査一課の捜査員とペアを組ませたというわけだ。

長瀬審議官はつまらなそうに聞いていた。話を聞き終えると、彼は言った。

「それは横須賀での話だろう」

「はい」

「私は、東京でそのキジマとかいう特別捜査官が捜査をしていたことについて訊きたいんだ」

「被疑者が千葉経由で東京に逃走したという疑いがあり、捜査員を送りました。その中にキジマ特別捜査官がいたということです」

「なぜキジマを行かせた」

「捜査本部の人員は限られていました。まさに猫の手も借りたいという状態です。キジマ特別捜査官が言いました。自分の手は猫の手よりましなはずだ、と……」

「そのことを、警視庁の者も、警察庁の者、つまり私も知らなかった」

「彼が捜査の主導権を握っていたわけではありません。まさに捜査本部の一員として働いてくれたのです。捜査協力者について、いちいち報告の義務はないと思料《しりょう》いたしました。警視庁の刑事部長とは、絶えず連絡を取っておりましたし……」

「警視庁の刑事部長など、どうでもいい。問題は私が知らなかったということなんだ。それがわかっているのか？」

審議官に「どうでもいい」と言われたことを知ったら、伊丹は傷つくだろうな。そんなことを思いながら、竜崎はこたえた。

「いいえ、わかりません」

長瀬審議官は一瞬、細い目を見開いた。佐藤本部長が横目で自分を一瞥《いちべつ》するのを竜崎は察知していた。

「わからないとは、どういうことだ？」

長瀬審議官に問われて、竜崎はこたえた。

「審議官がご存じなかったことが問題だとおっしゃいましたが、それが私には理解できないので、わからないと申し上げました」

「米軍関係者が日本で好き勝手に捜査をするというのは、日米地位協定を逸脱している。これはゆゆしき問題だ」

竜崎は思わず眉をひそめた。

長瀬審議官は、本気で言っているのだろうか。

「ＦＢＩなどの司法機関と日本の警察が捜査協力をすることは、珍しいことではありません。それも地位協定を逸脱するのでしょうか？」

「ＦＢＩは米軍ではない」

「ＮＣＩＳの捜査官も軍人ではありません。彼らは連邦職員なのです」

長瀬審議官は竜崎を睨みつけた。

「屁理屈を言うな」

「事実を説明申し上げているだけです」

「キジマ特別捜査官の件が、野党にでも知られたら、どうするつもりだ。それでなくても、連中は地位協定について文句を言いたくて仕方がないんだ。マスコミだって黙ってはいないだろう」

「捜査協力なら、何の問題もないはずです。事実、横須賀署の捜査本部にキジマ特別捜査官が参加していたことはすでに発表していますが、何の問題も起きていません」

「何だと？　発表しただと？」

「はい。捜査本部を取材した報道機関は、すでにキジマ特別捜査官のことを知っています」

長瀬審議官は、しばらく忌々《いまいま》しげに竜崎を見ていたが、視線を佐藤本部長に移すと言った。

「何か処分を考えているのだろうな？」

「処分ですか……」

「そうだ。横須賀の件にＮＣＩＳを介入させたのは、竜崎部長の独断だということだな？」

「独断というか、部長判断ということです」

「つまり、竜崎部長は、独断で日本の警察の危機を招いたということだ」

「警察の危機……」

「そうだろう。海外の捜査機関が好き勝手に日本国内で捜査できるとなれば、日本の警察の権威は失墜する。それが危機でなくてなんだと言うんだ」

竜崎はすっかりあきれてしまった。アメリカの捜査機関から協力を得たからといって、どうして警察の権威が失墜するのだろう。

佐藤本部長が言った。

「そうですね。部長の処分については、私が責任を持って考えることにします」

長瀬審議官はうなずいた。

「話は以上だ。下がっていい」

2

帰りの車の中で、佐藤本部長が言った。

「な？　偉そうなやつだったろう？」

「……というか、私は理解に苦しみます。審議官がいったい何を問題だと言ってるのか、私には理解できなかったのです。私の頭が悪いのでしょうか」

「いや、だからさ、ああいう人の理屈なんて理解できないんだよ。政治家と同じでさ……」

「不思議でならないのですが……」

「何が？」

「どうして、あんな理屈の通らない人に、審議官がつとまっているのか」

「官僚の実力ってのはね、理屈だけじゃないんだよ。政治力とか過去の実績とか……」

「あの人は、そういう実力があるのですか？」

「あるんじゃないの。だから審議官やってるんだよ。同期の中で審議官になれるやつなんて、そうそういないからな……」

「ならば、何か長所があるのでしょうね。でなければ……」

「でなければ？」

「警察組織がだめだということです」

「正直なのはいいけどね、そういうことをあんまりはっきり言うのもどうかと思うよ。いちおう俺、本部長なんだしさ……。さっきも肝を冷やしたよ。審議官怒らせてどうすんの」

「それで、処分の話ですが、私はどうなるのでしょう」

「どうもならないよ」

「責任を持って対処するとおっしゃったでしょう。審議官に嘘をつくことになりますよ」

「嘘なんてついてないよ。俺は、考える、と言っただけだ。責任を持って考える、ってね」

「懲戒《ちょうかい》というのなら、受け容れますよ。私は平気です」

「ばか言うなよ。処分を恐れない公務員がいるもんか」

「いつでも首を賭ける覚悟がなければ、公務員の仕事はつとまりません」

「それ、本気で言ってるだろう」

「もちろん本気です」

「ほんと、たまげるよね。まあ、だけどそれが本当の国家公務員だよな」

「私は普通のことだと思っておりますが……」

「そんな人材を失うわけにはいかない。心配すんなって。クビになんてしないから」


刑事部長室に戻ってしばらくすると、携帯電話が振動した。伊丹からだった。

「そろそろ審議官との話も終わる頃だと思ってな」

「今しがた県警本部に戻ったところだ」

「それで、どんな話だった？」

「よくわからない」

「よくわからないって、どういうことだ？」

「長瀬審議官は、何か腹を立てている様子だが、どうして腹を立てているのか、その理由が、俺には理解できないんだ」

「いや、俺だって、ＮＣＩＳの捜査官の話を聞いたときは、びっくりしたんだ。そして、腹が立った。どうして事前にひとこと言ってくれなかったのかってな」

「捜査官じゃない。特別捜査官だ」

「世の中の誰もが、おまえのような考え方をするわけじゃないんだ」

「俺のような考え方って、どういうことだ？」

「どういうことって……、つまり、おまえのような考え方だよ」

「おまえの言っていることもよくわからない。警察官僚というのは、そんなやつばかりなのか？」

「他人事みたいに言うなよ」

「とにかく、長瀬審議官との話は終わった」

「それで済むと思うなよ」

「佐藤県警本部長に、俺を処分するように言って、佐藤本部長が考えるとこたえた。それで話は終わりだろう」

「……で、佐藤本部長は何と言ってるんだ」

「だから、考える、と……」

「やっぱり、それだけじゃ済みそうにないな。きっと何か仕掛けてくるぞ」

「何をしてきても、俺は平気だが、どうして彼が腹を立てているのかが気になる」

「日本国内の米軍の扱いには気をつかうんだよ。おまえはそれを無視したんだ。それに腹を立てているんだろう」

「長瀬審議官にも説明したが、ＮＣＩＳの特別捜査官は軍人じゃない。文官だぞ」

「そんなことは知っている。だが、海軍内の組織であることは間違いないんだ」

「長瀬審議官は、日米地位協定のことを気にしていたようだが、それは理屈に合わない。文官である連邦捜査官は、米軍との約束事である地位協定とは無関係なはずだ」

「おまえと話していると、何で電話したのかわからなくなってくる。とにかく、気をつけろ。本当にクビが飛ぶぞ」

電話が切れた。本当に何で電話してきたのだろう。竜崎はそんなことを思いながら、携帯電話をしまった。

そこに、阿久津参事官が訪ねてきた。

「今、よろしいですか？」

「ああ。何だ？」

「板橋課長、山里《やまざと》管理官、そして、捜査一課の強行犯中隊が、昨日、横須賀署から引きあげてきました」

「今日は、通常通り登庁しているのか？」

「はい」

「わかった。ご苦労だったと伝えてくれ」

「了解しました」

阿久津が出ていこうとしたので、竜崎は呼び止めた。

「今日、警察庁の長瀬審議官に呼び出されて会ってきた」

「そのようですね」

「リチャード・キジマのことが問題だと言っていた」

「ＮＣＩＳの特別捜査官ですね？」

「俺が独断で、日本の警察の権威を失墜させるようなことをしたというのが、向こうの言い分だ」

「イチャモンでしょう」

「俺もそう思うが、ちゃんと説明しようとしてもまともに人の話を聞こうとしない」

「処分ありきで呼び出したのでしょうからね」

「処分などどうでもいいことだが、長瀬審議官がどうして腹を立てているのか、俺には理解できないんだ」

「たぶん面子《メンツ》の問題でしょう」

「面子？　俺が長瀬審議官の面子を潰したとでも言うのか？」

「ＮＣＩＳですからね」

竜崎は眉をひそめた。

「言っていることがわからないのだが……」

「私の記憶が確かなら、長瀬審議官とＮＣＩＳは、浅からぬ縁があります」

「どんな縁だ？」

「警視庁のＳＩＴが、ＦＢＩの研修を受けたことがあるのをご存じですか？」

ＳＩＴは捜査一課特殊犯捜査係のことだ。

「ああ。聞いたことがある」

「それがきっかけとなり、ＳＩＴは他のアメリカの捜査機関からも研修を受けるようになりました。ＮＣＩＳもその一つでした」

「ＳＩＴがＮＣＩＳの研修を……？」

「はい。ＮＣＩＳの捜査幹部を招いて、銃器の取扱《とりあつかい》や、ビルの屋上からのロープ降下などの訓練方法を教わったそうです」

「それは知らなかった」

「ＮＣＩＳを招くために直接交渉をしたのが、長瀬審議官だと言われています。当時はまだ、刑事局の課長でしたが」

「ほう……」

「ですから、ＮＣＩＳの件を知って、俺は聞いてない、ということになったのでしょう」

「いちいち審議官が顔を出すほどのことじゃない」

「ですから、面子の問題だと……。自分を偉いと思っている人は、そういう考え方をするものです」

「なるほど、では理屈が通用しないのは当たり前だな」

「はい」

「神奈川県警にも、ＳＩＳという特殊班があるだろう。ＳＩＳは、ＮＣＩＳの研修を受けたことがあるのか？」

「ありません」

「ＮＣＩＳの極東本部は横須賀にあるんだ。警視庁がやったというのに、神奈川県警がやらない手はない」

「そうですね。同感です」

阿久津の表情は終始変わらない。本当に「同感」かどうかも、竜崎にはわからなかった。

阿久津が言った。

「他になければ、失礼します」

「ああ。話は以上だ」

阿久津が一礼して退出しようとする。竜崎は彼を呼び止めて言った。

「君の情報はいつも頼りになる」

それでも、阿久津の表情は変わらない。

「恐れ入ります」

そう言って彼は部屋を出ていった。

竜崎はすぐに伊丹に電話した。

「何だ？　処分が決まったのか？」

「そうじゃない。聞きたいことがあるんだ」

竜崎は、ＳＩＴがＮＣＩＳの研修を受けたことがあるというのは事実かどうかを確認した。

「ああ、本当のことだよ」

「それを知っていながら、キジマ特別捜査官のことが問題だなんて言ってるのか」

「だからさ、俺は納得したと言っただろう。長瀬審議官のことは、俺とは関係ないよ」

「ＳＩＴの訓練のためにＮＣＩＳの幹部を招いたのは長瀬審議官だったということだが……」

「ああ……、そういえば、そんな話を聞いたことがあるような気がする」

「わざと黙っていたわけじゃないだろうな」

「何で俺がそんなことをしなきゃならないんだよ。今言われるまで忘れていたよ」

「わかった。確認が取りたかったんだ。じゃあ……」

竜崎は電話を切って考えた。

問題の本質がようやく見えてきた。

米軍の捜査機関と日米地位協定。そんな大げさな話ではなかった。阿久津が言ったとおり、要するに面子の問題なのだ。

問題の本質がわかれば、解決の方法もわかる。こんな面倒事はさっさと片づけよう。竜崎はそう思った。


その翌日、佐藤本部長から直接電話がかかってきた。

「今ちょっと来られない？」

「すぐにうかがいます」

本部長室を訪ねると、佐藤本部長は席を立ちソファのほうにやってきて腰を下ろした。そして、竜崎もそこに座らせた。

「長瀬審議官が本気のようなんだ」

「どういうことです？」

「国会で、野党議員がＮＣＩＳ特別捜査官の件を警察庁長官に質問するので、竜崎部長にその答弁書の原案を作るように言ってきた」

「野党議員が……？　どうしてまた……」

「長瀬審議官が、質問するように働きかけたんだろう」

「答弁書の原案を作ることは、別にかまいません。昔、警察庁でやっていたことですから……」

「あれこれ難癖つけてきて、質問の日まで眠らせてもらえないよ。その上、内容に不備があって長官に恥をかかせたとか何とか言ってきて、竜崎部長に腹を切らせるつもりだ」

腹を切らせるというのは、つまり、辞職させるということだ。

「腹を切るつもりはありませんが、いずれにしろ、面倒ですね」

「そう。面倒なんだよ」

「二つ、うかがいたいことがあります」

「何だい？」

「もう一度、長瀬審議官と直接話ができないでしょうか？」

「まあ、できないことじゃないと思うよ」

「ぜひその機会を早急に作っていただきたいと思います」

「わかった。もう一つは？」

「ＳＩＳに、ＮＣＩＳの研修を受けさせていただきたいのです」

「ＳＩＳって、捜査一課の特殊犯中隊だよね」

「はい」

「なんでまた……」

竜崎は、長瀬審議官とＮＣＩＳ、そしてＳＩＴとの関わりについて話をした。

佐藤本部長が言った。

「へえ……。長瀬審議官とＮＣＩＳがねえ……。わかった、いいよ。ＳＩＳの研修、やってよ。警視庁にできて、神奈川県警にできない道理はないからね」


長瀬審議官との会談は、その翌日に実現した。ただし、竜崎単独で会えたわけではない。あくまでも佐藤本部長の随伴という形だった。

一昨日と同様に長瀬審議官は、大きな机の向こう側におり、竜崎と佐藤本部長は立ったままだった。

長瀬審議官は、佐藤本部長を見て言った。

「何の話だ？　議員からの質問趣意書はまだ届いていないぞ」

「私からではなく、竜崎部長から申し上げたいことがあります」

長瀬審議官は、無言で冷ややかな眼を竜崎に向けた。

竜崎は言った。

「ＮＣＩＳのリチャード・キジマ特別捜査官の件につきましては、審議官への報告が遅れたことを、心からお詫び申し上げます。被疑者確保を最優先した結果のことと、ご理解いただきたいと思います」

「ふん。そんなことを今さら言ったところで、野党からの質問がなくなるわけじゃない」

「今日うかがったのは、その件ではありません」

「では、何だ？」

「お願いがございます」

「ふん。命乞いにきたか」

「神奈川県警の捜査一課特殊犯中隊、略称ＳＩＳが、ＮＣＩＳの研修を受けられるように、ご配慮をお願いしたいのです」

長瀬審議官が眉をひそめた。

「ＳＩＳだと……」

「審議官が刑事局の課長でいらっしゃった頃、警視庁のＳＩＴが、ＮＣＩＳの研修を受けるべくご尽力なさいましたね。それ以来、ＳＩＴの能力が格段に上がったという話を聞いております」

長瀬審議官が眼をそらした。

「まあ、そんなこともあったな……」

「ＮＣＩＳのことなら、まず長瀬審議官に……。そう思い、参上した次第です。神奈川県警としましても、特殊班の能力向上に努めるのは義務であり、ひいては日本の警察全体の実力が向上することだと……」

長瀬審議官は、片手を挙げて竜崎の言葉を遮った。

「もういい。わかった」

拒否されたのかと、竜崎は思った。

だが、長瀬審議官の表情はすっかり弛《ゆる》んでいる。

長瀬審議官が続けて言った。

「SITの研修にNCISを使おうと思ったのは、この私だ。それ以上の説明は釈迦に説法というやつだ」

「失礼しました」

「SISの研修にNCISを、というのは悪い発想じゃない。NCISは横須賀にいるんだしな」

彼はすっかり機嫌をよくした様子だ。

「では、ご考慮いただけますか？」

長瀬審議官が立ち上がった。そして、竜崎と佐藤本部長をソファに誘《いざな》った。

「こっちへきて座ってくれ。詳しく話を聞こうじゃないか」


帰りの車の中で、佐藤本部長が言った。

「聞いてて、歯が浮きそうだったぞ。竜崎部長があんなご機嫌取りをするなんて……」

「問題の本質が、長瀬審議官の機嫌だということがわかったので、それに対処したまでです」

「できるんだね、ああいうことも……」

「それしか方法がないとなれば」

「いやあ、刑事部長、恐るべしだね」

野党議員の質問という話は、いつの間にか立ち消えになった。長瀬審議官には、もうその必要がなくなったのだ。

それから約一ヵ月後、ＳＩＳのＮＣＩＳ研修が実現することになった。阿久津参事官が刑事部長室を訪ねてきて言った。

「ＮＣＩＳの教官が、部長にご挨拶したいとおっしゃっています」

「そうか。通してくれ」

阿久津参事官と入れ違いで、巨漢が部屋に入ってきた。

「竜崎部長。またお会いしましたね」

リチャード・キジマ特別捜査官が、戸口でにっこりと笑った。

非《ひ》違《い》

1

「またなのか……」

大森署副署長の貝沼悦郎《かいぬまえつろう》警視は、斎藤治《さいとうおさむ》警務課長からの知らせを聞いてつぶやいた。

第二方面本部の野間崎政嗣《のまざきまさつぐ》管理官が、署にやってくると言う。今月、二回目だ。

方面本部の管理官が警察署を視察することはあるが、間を置かず月に二度というのは普通ではない。

貝沼は、溜め息をついた。

管理官視察となれば、署員は仕事の手を止めて、全員起立で迎えなければならない。

「なんとも、迷惑な話だな……」

貝沼がそう言うと、斎藤警務課長は目を丸くして、周囲を見回した。

「そんな発言を、記者にでも聞かれたらえらいことになります」

副署長はマスコミ対応を担当しているので、記者が周りにいることが多い。幸い、今日はまだ、記者の姿はない。時間が早いせいかもしれないと、貝沼は思った。

「愚痴くらい、言わせてくれ」

斎藤警務課長が、それにこたえた。

「たしかに迷惑な話ではありますが、別にこちらに落ち度があるわけではありませんので……」

「それで、いつ来るんだ？」

「今日の午後一時だということです」

「わかった」

野間崎管理官が大森署に来る回数が増えたのは、署長が交代してからだ。前任の竜崎署長の頃は、そうそう顔を見せることはなかった。

竜崎署長を敬遠しているのではないかと思うことさえあった。

竜崎が神奈川県警の刑事部長に異動になり、後任の藍本百合子《あいもとゆりこ》警視正がやってきた。四十歳のキャリアだ。

竜崎はいろいろな意味で画期的な署長だったが、藍本にも大きな特徴があった。その美貌だ。

貝沼は、男女問わず、外見を云々するのはよくないことだと考えていた。特に、昨今は女性の見かけを話題にするだけで、セクハラと言われかねない。

職務と容姿は関係ない。さらに言えば、美醜の感覚は人それぞれだ。蓼《たで》食う虫も何とやらだ。

だが、この世にはそうした好みの問題を超越した美しさというものがあるようだ。藍本署長を見て、貝沼はそう思うようになった。

いや、それは単に外見の問題ではないだろう。初めて署長を見た人は、ほぼ例外なくぽかんとした顔になる。

見る者を惹き付けずにはおかない。それは美しさというより、特殊な能力なのかもしれないとさえ、貝沼は思う。

そう。野間崎管理官は、藍本署長を一目見たくてやってくるのだ。そんな野間崎を責めるのは、かわいそうなのではないか。

斎藤警務課長が、副署長席を離れようとしたので、貝沼は呼び止めた。

「それで、例の件はだいじょうぶだろうな」

「は？　例の件……？」

「戸高《とだか》だ」

「あ、その件でしたら、今のところは問題ないかと……」

「今のところというのが気になるな」

「それについては、直属の上司である小松《こまつ》係長や関本《せきもと》課長と相談をしなければならないと思いますが……」

「そうだな」

貝沼はこたえた。「じゃあ、打ち合わせをするので、段取りしてくれ」

戸高善信《よしのぶ》は、強行犯係の刑事だ。小松は強行犯係長であり、関本は刑事組対課長だ。

「承知いたしました」

斎藤警務課長は、礼をすると立ち去った。貝沼のもとにいると、さらに面倒なことが増えそうだとでも考えているような態度だった。

実際そうかもしれないと、貝沼は思う。だいたい、署内の面倒事はまず貝沼のところにやってくる。それらについて話し合う相手は、たいていは斎藤警務課長なのだ。

とにかく、午後一時にやってくる野間崎管理官への対応だ。署に落ち度はないとはいえ、方面本部管理官の機嫌を損ねたら、それが落ち度となる。気をつけなければならない。

野間崎管理官は、午後一時ちょうどにやってきた。

「署長にお会いしたい」

しかつめらしい顔をしている。照れ隠しかもしれない。

貝沼はこたえた。

「お待ち申し上げておりました」

署長室のドアは閉まっている。竜崎署長時代は常に開け放たれていた。署長によってやり方はいろいろだ。副署長席は、その署長室のドアの脇にある。

ドアをノックすると、野間崎管理官は「失礼します」と言って、署長室に入った。

斎藤警務課長が心配そうな顔でやってきた。

「同席されないのですか？」

貝沼はこたえた。

「必要ない。どうせ、たいした用事はないんだ」

「署長と管理官を二人っきりにするのは、まずくないですか？」

「別に問題ないだろう。世間話でもしてるんだ」

「はあ……」

斎藤警務課長は心配性だ。警務課にはぴったりだと、貝沼は思っている。もしかしたら、警務課にいるからこういう性格になってしまったのか……。

「刑事課のほうはどうなっている？」

正式には刑事組織犯罪対策課というのだが、長ったらしいので、今でも昔ながらに「刑事課」と呼ぶ者は少なくない。貝沼もその一人だ。

「今、スケジュールを調整していますが、夕方には集まれると思います」

「今日中に話ができるということだな？」

「はい」

貝沼がうなずくと、斎藤警務課長は席に戻っていった。

入室してから二十分後に、野間崎管理官が署長室から出てくると、貝沼に言った。

「それでは、署内を視察させてもらおうか」

「では、署長もごいっしょしないと……」

「副署長に任せるということだった」

「そうですか」

貝沼は立ち上がった。

視察など名目でしかないのだ。

行く先々で、署員が立ち上がる。野間崎管理官は、もっともらしくうなずいてみせる。これはいつものことだ。

刑事課にやってきた。席にいる者はまばらだ。刑事たちの多くは捜査に駆け回っているのだろう。その場に残っていた刑事たちも、野間崎と貝沼の姿を見ると立ち上がった。

そのフロアに三人掛けほどの長さのソファがあった。そこに何者かが寝そべっていた。確認しなくても誰か、貝沼にはわかった。

戸高だ。

小松強行犯係長がそれに気づいて、ソファに近づき、戸高をつついた。

戸高は、不愉快そうに身じろぎをしてから、ゆっくりと上半身を起こした。腰かけたまま、ぼんやりと貝沼たちのほうを見ている。

こいつ、寝ぼけているのか……。貝沼は眉をひそめた。

それを察知したらしい小松係長が言った。

「あ、すいません。戸高は徹夜で張り込みをやりまして、仮眠を取っていたところです」

戸高はまだ立ち上がろうとしない。いや、そもそも管理官や副署長に対して、起立するという気持ちがないのかもしれない。

野間崎管理官は、戸高を一瞥してから言った。

「徹夜の捜査とは、ご苦労なことだ」

特に非難することもなく、その場をあとにしたので、貝沼はほっとした。

署内の巡回を終え、一階に戻ってくると、野間崎管理官は言った。

「戸高は相変わらずなんだな……」

やはり気にしていたか……。

貝沼は少しだけ憂鬱な気分になり、言った。

「まあ、そうですね……」

「竜崎署長は、何かと戸高をかばっていたが、これからはそうはいかない」

それは、どういう意味なのだろう。

そう思いながら、貝沼は言った。

「竜崎署長は、刑事としての実力を買っていましたから……」

「仕事ができればいいというものではない。組織の一員としての自覚が必要だ。特に、警察は規律を重んじるからな」

「はい」

「聞くところによると、戸高は勤務中に賭け事をやっているそうじゃないか」

平和島《へいわじま》のボートレースのことだろう。戸高が昼間からレース場に出入りしているという話は、貝沼も聞いている。

「私は確認しておりません」

「確認すべきだな。それが本当だとしたら、明らかな非違《ひい》行為だ」

マスコミがいう「不祥事」を、公務員の世界では「非違行為」という。明らかな犯罪行為から軽微な違反、さらには職務怠慢なども非違行為に含まれる。

「気をつけておきます」

野間崎管理官はうなずいてから言った。

「では、署長に挨拶をしてから引きあげることにする」

貝沼は礼をした。

「ご苦労さまでした」

野間崎は署長室のドアをノックした。鼻歌でも歌いだしそうな顔をしている。貝沼はそう思った。

その日の夕刻、刑事組対課の階にある会議室に、貝沼、関本刑事組対課長、小松強行犯係長、そして、斎藤警務課長が顔をそろえた。

貝沼は言った。

「わざわざ集まってもらったのは、ほかでもない。戸高のことだ」

関本課長と小松係長が一瞬、顔を見合わせた。

貝沼は言葉を続けた。

「彼の勤務態度については、以前から問題視する声があり、それが表面化することを懸念していたが、今日、心配していたことが現実となった」

小松係長が言った。

「発言してよろしいですか?」

「ああ。もちろんだ。正式な会議ではないので、自由に発言してくれ」

「心配が現実になったとおっしゃるのは、野間崎管理官のことでしょうか?」

「そうだ。帰りしな、野間崎管理官は、戸高が勤務中に賭け事をしていると言った」

関本課長が表情を曇らせる。

「最近はひかえているはずですがね……」

貝沼は言った。

「ひかえているということは、全く行かなくなったわけではないのだね?」

「どうでしょう……」

関本課長は、小松係長を見た。

小松係長が、居心地悪そうに身じろぎしてから言った。

「監視しているわけじゃないので、何とも言えませんね」

貝沼は尋ねた。

「捜査員は、二人一組での行動が原則だろう。彼は誰とペアを組んでいるんだ？」

小松係長がこたえる。

「彼のペアは自分です」

「係長とペア……？」

「自分は全体指揮のために、署に残ることがありますので、戸高は実際には一人で行動することが多いのです」

「単独行動か」

関本課長が補足するように言った。

「それが、いい結果につながっているんです。あいつは、自由にやらせたほうが成果を出すんです」

小松係長が言った。

「単独行動と言いましても、生安課の根岸《ねぎし》と組んで高い評価を得たりしていますし……」

「少年係の根岸紅美《くみ》だな」

そんなこともあったなと、貝沼は思った。

警視庁本部から、各署にストーカー対策チームを作れという指示があったときのことだ。戸高と根岸もそのメンバーになった。

生安課少年係の根岸は、熱心に夜回りをやっていた。戸高がそれに付き合っていたのだ。そのとき、戸高が「根岸は相棒だと思っている」と言ったと、貝沼は竜崎署長から聞いていた。

勤務態度は感心しないが、戸高を高く評価する者は多い。前署長もその一人だった。

しかし、と貝沼は思う。

「署長が入れ代わったこのタイミングで、戸高の勤務態度も改めてもらおうと思うのだが……」

それが、この話し合いの最大の目的だった。

斎藤警務課長がその貝沼の発言を受けて言った。

「できれば、今の戸高は、新署長には近づけたくないと思うのです」

この言葉に、小松係長が反発した。

「戸高は優秀な刑事です。近づけたくないなどと、まるで反社会的勢力みたいな言い方じゃないですか」

「藍本署長は、かつての竜崎署長とは違います」

斎藤課長が言う。「署長の周囲では、できるだけ波風を立てないようにしないと……」

「ばかな……」

関本課長が言った。「署内の波風を解決するのが署長じゃないか」

「署長にはもっと大きな役割があります」

その斎藤課長の言葉に、関本課長が嚙みついた。

「大きな役割って何だ？　署内の問題を解決するより重要なことなんてあるのか？」

「対外的な役割があります。署長には、区など行政との連絡や交渉をやってもらわなければなりません。住民に対するさまざまなアピールも重要な役割です」

「ただの神輿《みこし》じゃないんだ」

「神輿ですよ」

「何だって？」

「竜崎署長がいらっしゃる前のことを考えてください。署長に署内の問題の根本的な解決を求めたことがありますか？」

「そりゃあ……」

関本課長は勢いをなくした。「署長の任期はせいぜい二年ほどだからな……」

「竜崎署長が来られるまで、いろいろな問題には、我々課長や貝沼副署長が対処してきたんです」

「しかし……」

関本課長は納得できない様子だった。「またその時代に逆戻りすると言うのか？」

斎藤課長が眼を伏せて言った。

「竜崎署長が特別だったんです」

たしかに、斎藤課長が言うとおりかもしれないと、貝沼は思った。

竜崎署長は、あっという間にすべてを変えてしまった。貝沼や課長たちの心をつかみ、さまざまな改革を、何の気負いもなくさらりとやってのけた。

今問題になっている戸高さえ、竜崎署長には素直に従っていた。いや、署内の者だけではない。

あの野間崎管理官さえ、すっかり牙を抜かれていたのだ。

「昔に逆戻りと、関本課長は言うが……」

貝沼は言った。「斎藤課長が言ったとおり、それが普通なのだと考えるべきだ。竜崎署長がいなくなった今、我々が常識的な判断を下し、署長には余計な負担をかけないようにすべきだと思う」

「しかし……」

小松係長が言った。「戸高を署長に近づけるなといっても、朝礼などで顔を合わせることはあるでしょう」

それにこたえたのは斎藤課長だった。

「朝礼で署長と話をするわけじゃないでしょう」

「署長の訓示の最中にあくびをしたりしますよ」

「その程度のことは、やむを得ないでしょう。要するに、署長にいらぬ心配をかけなければいいんです」

関本課長が貝沼に言った。

「野間崎管理官の発言が気になりますね」

「それなんだ。いったい、どこで聞きつけてきたのか……」

「まあ、戸高のボートレース場通いは有名な話ですからね……」

斎藤課長が言う。

「このところ、野間崎管理官がしばしば署にやってくるようになりました」

関本課長が、ふんと鼻で笑った。

「目的は、署長だろう」

「本当の目的がどうあれ、頻繁《ひんぱん》に署にやってくると、それだけいろいろなことが眼につくことになるでしょう」

貝沼は言った。

「戸高の行動を目撃される危険があるということだな」

それに対して、関本課長が言う。

「やることをやっていれば、問題ないはずです。竜崎署長もそういうお考えだったはずです」

「だがね。その竜崎署長は、もういない」

貝沼の一言で、誰もが黙り込んでしまった。

その沈黙を破ったのは、斎藤課長だ。

「野間崎管理官に、戸高の勤務態度が非違行為に当たると言われてしまったら、署としては何らかの処分をしなければならないでしょう」

関本課長が目をむく。

「戸高に非違行為などない」

「勤務中にボートレース場に行くのは、非違行為でしょう」

「あんた、署の味方じゃなくて、野間崎の味方なのか？」

斎藤課長はうんざりとした表情でかぶりを振った。

「誰の味方かという問題じゃないでしょう。野間崎管理官がどういうふうに見るかということが問題なんです」

「取りあえず、野間崎のことはどうでもいい」

関本課長は言った。「当面の問題は、署長でしょう。なにせ、署長と戸高は署にいるわけだから……」

「そうだ」

貝沼は言った。「だから、彼がなるべく署長に近づかないように気をつけてくれ」

関本課長と小松係長は、再び顔を見合わせた。不満だが、副署長の言葉に従わざるを得ない。彼らはそう考えている様子だった。

2

それまではあまり気にならなかったのだが、関本課長らと話し合って以来、戸高の動向が眼について仕方がない。

貝沼は、戸高が一階の副署長席の前を通るだけでひやひやするようになった。席の横には署長室のドアがあるのだ。

突然そのドアが開いて、署長が出てきて、戸高と鉢合《はちあ》わせするかもしれない。

朝礼のときの戸高の態度も気になった。

とても真面目に署長の話を聞いている様子ではない。これまでは、戸高なのだから仕方がないと思っていた。だが、そのうちに署長は戸高の態度に腹を立てるかもしれない。

貝沼はそっと首を横に振った。

私は、何でこんなことを考えているのだろう……。

考えるべきことは、他にもたくさんあるはずだ。

関本課長らとの話し合いの三日後、また野間崎管理官がやってきた。

「署長は御在室か？」

「おりますが、何か御用ですか？」

「用があるからわざわざ足を運んでいるんだ」

「どんなご用件でしょう？」

野間崎管理官は顔をしかめた。

「副署長に話す必要はない」

いつもなら、これで話は終わりだ。一目署長に会えば、野間崎の用は終わるのだ。目くじらを立てることはない。

だが、今日の貝沼はいつもとは違っていた。

「前回いらしたのは、三日前でしたね」

「ああ、そうだっけな……」

「警察署にそんなに頻繁にいらっしゃる用件というのは、いったい何なのかと思いまして……」

「だから、それは署長に直接話をするよ」

「副署長として、お話をうかがっておかなければなりません」

「その必要はないよ。話はすぐ済む」

「すぐに済む……？」

「そうだ。たいした話じゃないんだ」

「たいした話じゃないのに、何度も足を運ばれるのですか?」

野間崎は、むっとした顔になった。

「妙に突っかかるじゃないか。警察署と密に連絡を取り合うのが、私の役目だ。副署長にあれこれ言われる筋合いはない」

「方面本部との連絡が密になるのは、たいへんよろしいことだと思います。しかし、こう頻繁にお顔を拝見しますと、何か署に落ち度があり、それを調べられているような気がしてきます」

「いや、そういうことではなくてだね……」

野間崎管理官は言葉を濁す。

「では、どういうことなのでしょう?」

野間崎は、苦しげなしかめ面をする。言い訳が思いつかないのかもしれない。

やがて、野間崎管理官は、きっぱりとした口調で言った。

「実は、君が言うとおり、署員の非違行為について調べなければならないと思っている」

「署員の非違行為……」

「三日前にも言ったはずだ。戸高だよ」

しまった、追い込み過ぎたか……。

貝沼はそう思った。

野間崎管理官は、うまい言い訳が思いつかず、苦し紛れに戸高を槍玉に挙げることにしたに違いない。

「戸高が、勤務中に賭け事をしているというお話でしたね」

「ああ、そうだ。重大な非違行為だぞ」

「賭け事など、誰も確認しておりません」

「ふん。隠蔽しようというのか」

「本当に、そんな事実は確認されていないのです」

「戸高は、平和島のボートレース場に通っているらしいじゃないか」

「どうでしょう。もし、そんなことがあったとしても、平和島は大森署の管内ですから、捜査の一環じゃないでしょうか」

「苦しい言い逃れだな。何の捜査でボートレース場に行く必要があるんだ？」

「さあ、現場のことはわかりません」

「とにかく、非違行為の疑いがあれば、管理官として調べないわけにはいかない」

貝沼は小さく溜め息をついた。

「では、署長ではなく、戸高にお会いになったほうがよろしいのではないですか？」

野間崎管理官は、一瞬言葉に詰まった。

「こういうことは、まず対応の方針を固めなければならない。だから、所属長と話をするもんなんだ」

「では、関本刑事課長を呼びましょう」

「いや、署長と話をする」

「わかりました。では、私も同席させていただきます」

「ああ、かまわんよ」

野間崎管理官が署長室のドアをノックする。

「どうぞ」という署長の声。野間崎が入室したので、貝沼はそれに続いた。

大きな両袖の机の向こうで、藍本署長がほほえんでいる。

「あら、野間崎管理官。いらっしゃい」

野間崎の表情がたちまち緩む。いや、野間崎だけではない。署長の顔を見たとたん、貝沼の頰も緩んでしまった。あわてて表情を引き締める。

「また、ご機嫌伺いに参りました」

「機嫌はいつもいいですよ」

「何かお困りのことはありませんか？」

「いつも、そうお尋ねになりますが、別に困ったことなどありません」

困っているのは、私なのだ。

貝沼は心の中でつぶやいた。

そして、野間崎が、いつ戸高のことを話しだすか、はらはらしていた。

だが、その後も野間崎は世間話を続けるだけで、いっこうに戸高の話題を出そうとしない。

そして、十分ほど経つと、彼は言った。

「お忙しいでしょうから、これで失礼します。また近いうちにうかがいます」

署長がほほえんで言う。

「ごくろうさまです」

署長室を出ると、貝沼は野間崎に尋ねた。

「どうして戸高のことをおっしゃらなかったのです？」

「まだ話さない。そいつは切り札だからな」

貝沼は、心の中で、「あっ」と叫んだ。

戸高の非違行為は、方面本部の管理官にとっては、署にやってくるいい口実だ。それを署長に話すとにおわせている限り、貝沼は野間崎に逆らえない。

まさに、彼が言うとおり「切り札」なのだ。それを簡単に手放すはずがない。

斎藤課長が、心配そうな顔で副署長席にやってきた。

「何の話だったんです？」

貝沼は渋い顔でこたえた。

「ただのご機嫌伺いだ」

「ご機嫌伺い……」

貝沼は、周囲を見回してから声を落とした。

「野間崎が署に来るのは、戸高の非違行為について調べるためだ。彼はそう言った」

たちまち、斎藤課長の顔色が悪くなる。

「それを署長は……？」

「いや、野間崎はまだ署長には話をしていない」

「なぜでしょう……」

「話をすれば、署長は戸高に対して、何らかの処分を下さなければならない。戸高が処分されれば一件落着で、野間崎が大森署に来る口実がなくなる」

「あ、そういうことですか……」

「あるいは、署長を困らせたくないと考えているのかもしれないな」

「戸高と話をしますか？」

「今さら、何を話すんだ。あいつがボートレース場に通っていることは、すでに野間崎に知られているんだ」

「そうですね……。署長に相談するわけにもいきませんし……」

「当たり前だ」

「でも、何とかしませんと……」

新聞記者が近づいてくるのが見えた。話を聞かれると面倒だ。

貝沼は、斎藤警務課長に小声で言った。

「どうすればいいか考える」

斎藤課長は礼をして副署長席を離れていった。

やってきた記者が言った。

「何を考えるんです？」

貝沼は席を立った。

「どうやったら一人になれるかを考えるんだよ」

副署長席を離れると、貝沼は落ち着いて考えられる場所を探した。会議室はほぼ埋まっていた。取調室が一つ空いていたので、そこに陣取ることにした。灰色の部屋で椅子に腰かけてスチールデスクに向かう。

一人になると、貝沼は大きく息をついた。

戸高を署長からしばらく遠ざけておくことは、それほど難しくないはずだった。そして、署長が交代したこのタイミングで、戸高の素行の悪さを改善させるつもりでいた。

だが、野間崎管理官のせいで、ややこしいことになってしまった。

貝沼がこの問題を解決しなければならなかった。だが、どうしていいかわからない。

「非違行為の疑いがあれば、管理官として調べないわけにはいかない」という野間崎の言葉が重くのしかかってくる。

こんな時、竜崎署長ならどうしただろう。ふと、貝沼はそう思った。

ぜひとも意見を聞きたかった。

いや、だめだ。貝沼はその思いを打ち消そうとした。

竜崎はもう大森署の署長ではない。神奈川県警の刑事部長だ。大森署内の問題を相談するわけにはいかない。

何とか私が片をつけなければ……。

だが、解決策など浮かばない。

貝沼は、天井を見上げてしばらく考えていた。

迷いに迷った末に、彼は携帯電話を取り出した。

3

「竜崎だが」

「貝沼です。ご無沙汰しております」

「そちらは警視庁で、こっちは神奈川県警。沙汰がないのが当たり前だ。何か用か？」

「本来、電話すべきではないと思ったのですが……」

「電話をしてきて何を言っている。用件を言ってくれ」

「実は、相談したいことがありまして……」

「何だ？」

貝沼は、戸高と藍本署長のことについて説明した。さらに、そこに野間崎管理官が加わり、複雑なことになっているのも話した。

話を聞き終えた竜崎が言った。

「署長に戸高を近づけないというのは、いったいどういうことだ？」

「あいつの素行の悪さは、よくご存じでしょう」

「それは女性差別だぞ」

「え……？」

何を言われたのかわからず、貝沼は絶句していた。

竜崎がさらに言った。

「俺が署長の頃、戸高を近づけないようにしようなどと考えたか？」

「いえ……。しかしそれは、竜崎署長が特別でしたから……」

「俺のどこが特別だと言うんだ。署長が女性なので余計な気をつかっているのだろう。男なら、そんなばかなことは考えないはずだ」

「ばかなことですか……」

「そうだ。署員を署長に近づけないようにするなど、どう考えてもばかばかしい。素行が悪ければ、署長に注意してもらえばいい。ただそれだけのことだ」

「はあ……」

「改めて訊くが、もし署長が男なら、そんなことで悩んで、俺に電話などしてきたか？」

貝沼は考えてみた。

「いえ、そのようなことはなかったと思います」

「だから、女性差別だと言ってるんだ」

「はい」

「男だろうが女だろうが、署長は署長だ。俺がいた頃と同じにやればいい」

「あの……。野間崎管理官については、どうしましょう」

「放っておけ」

「放っておく……？」

「そうだ。そのうちに目が覚めるだろう」

「戸高の非違行為については……？」

「それもこれも署長がちゃんと対処してくれるはずだ。たぶん、俺とは違うやり方だろうがな」

貝沼は、胸に詰まっていたものがストンと落ちたように感じた。今まで、いったい何を思い悩んでいたのだろう。

「相談の電話を差し上げようか、ずいぶんと迷いました。神奈川県警の刑事部長に、大森署内のごたごたをお話しするなど、まことに申し訳ないことで……」

「何を言ってる。警察官同士で、何の遠慮がいる。用はそれだけか」

「はい」

「じゃあ……」

電話が切れた。

貝沼は、すっかり気分が軽くなり、取調室を出るとすぐに署長室に向かった。


「あら、ボートレース場……」

藍本署長に戸高のことを話すと、目を丸くした。

「はい。最近はひかえているということですが……」

「それを、野間崎管理官が非違行為だと言っているのね？」

「大森署にやってくる口実だと思いますが……」

「口実を作ってまで、どうして大森署にいらっしゃるのかしら」

「署長に会いたいのだと思います」

「あら、それはうれしいわね」

まったく気にかける様子がない。

ああ、本当に美しい人というのはこういうものなのだなと、貝沼は思った。それを受け容れながら、これまでの人生、その美貌のおかげでいろいろなことがあったはずだ。それを鼻にかけたりはしない。それが自分なのだと認めているのだ。

「戸高さんはいるかしら。呼んでくださる？」

「承知しました」

貝沼は署長室を出て席に戻ると、内線で刑事組対課にかけた。

戸高は署内におり、五分ほどでやってきた。貝沼に会釈をすると、署長室のドアをノックした。

説教を食らうのだろうか。

あるいは、戸高は何らかの処分を受けるかもしれない。

貝沼がそんなことを思っていると、戸高が出てきた。三分も経っていない。

貝沼は驚いて声をかけた。

「おい、戸高」

「何すか？」

「署長は何だって……？」

「今度、ボートレースに連れていってくれって……」

「え……？」

貝沼は耳を疑った。「ボートレースに……？」

「ええ」

「それだけか？」

「それだけです」

「本当に……？」

「嘘言ってどうするんですか」

「そうか……」

戸高は、小さく会釈すると、歩き去った。


それから一週間後、また野間崎管理官がやってきた。

「署長にお目にかかりたい」

貝沼は言った。

「では、私もごいっしょします」

二人で署長室を訪ねた。

藍本署長は、にっこりとほほえんで言った。

「あら、野間崎管理官。うちの戸高を気にかけてくださっているそうですね」

野間崎の笑顔が引きつった。

「ああ、そうですね……。以前から、戸高君のことは……」

「ボートレース場に行くことが問題なんだとか……」

「勤務中に賭け事をやっているのはいかんでしょう」

「平和島はうちの管内なんです」

「いや、しかし……」

「戸高は、見当たり捜査をやっているのだと申しております」

「見当たり捜査……」

写真や映像から人相や特徴を覚え込み、人混みで指名手配犯などを見つける捜査のことだ。

「人が多く集まる場所ですから。効果はあると思います」

「いや、それは方便です。賭けているに決まっています」

「私は部下の言うことを信じます。証拠もないのに処分などもってのほかだと思っています」

「証拠……。あ、いや、そうですね……。おっしゃるとおりです」

野間崎はしどろもどろだ。

藍本が再び、にっこりと笑う。

「でも、管理官がうちの署のことをいつも気にかけてくださって、とてもありがたく思います」

勝負あった。

貝沼はそう思った。

竜崎が言ったとおり、藍本署長はちゃんと対処した。竜崎とはまた、少しばかり違ったやり方で。


それから、さらに何日か後のことだ。

戸高がまた、署長室に呼ばれた。その日は、ドアが開けっぱなしだったので、会話が副署長席のところまで聞こえてきた。

戸高が言った。

「いや、だからですね、ボートはスタートが勝負なんです。水の上でスタートラインで停まって待つなんてできないでしょう。だから、周回しながら、スタートの合図を待つわけです」

署長が応じる。

「なるほど……」

「ボートは一瞬で勝負が決まりますからね」

「そうなんだ」

「選手は自分でペラを磨くんです。エンジンの整備とかも……。それくらい技術的なことも影響しますから……」

しばらくそんな話をしてから、戸高は署長室を出ていった。

ドアが開けっぱなしだ。

貝沼は席を立ち、署長に声をかけた。

「ドアを閉めましょうか?」

「ああ、そのままでいい。竜崎署長のときは開けっぱなしだったんでしょう? 私もそれを見習うわ」

貝沼はうなずいた。

「承知しました」

藍本署長の笑顔が見えた。

なるほど、あの笑顔は武器だな。

貝沼はそんなことを思いながら、席に戻った。

信号

1

ある日の夕方突然、八島《やしま》警務部長が刑事部長室を訪ねてきた。

「ちょっといいか？」

八島部長と竜崎は同期だった。かといって、特に親しみを感じているわけではない。正直に言うと、警察大学校時代、彼のことはほとんど記憶になかった。

キャリアの同期は、入庁してからばらばらになるから、彼のことなど気にしたこともない。福岡県警にいるという話を誰かから聞いたことがある気がしていた。

その八島が、神奈川県警の警務部長として赴任してきたのだ。

「何だ？」

「キャリア会に出たことがないんだって？」

「誰からそんなことを聞いたんだ」

「佐藤本部長だよ。出ると言っておきながら、結局出席しなかったこともあるそうだな。何で出席しないんだ？」

「別に理由はない」

「俺にとっては、神奈川県警で初めてのキャリア会だ。いい機会だから、おまえも出ろ」

「そんなことを言うために、わざわざやってきたのか？」

「ああ、そうだよ」

「もしかして、佐藤本部長に俺を誘えと言われたのか？」

「それは、どうでもいいだろう」

八島は否定しない。つまり、認めているということだ。こいつは、面倒なことははぐらかそうとするが、たいていばればれだ。

「ああ、そうだな。どうでもいいことだ」

「出席しないことに理由はないと言ったな。だったら、断る理由もないということだ」

屁理屈だけは一人前だと、竜崎は思った。

「気が進まないんだ」

「そんなことを言わずに、参加してくれ。俺以外に初参加の者がいるほうが、気が楽だ」

竜崎は、明らかに運動不足の八島をしげしげと見つめた。そして、言った。

「おまえにそう言われると、ますます気が進まなくなる」

「もう一度言うが、これはいい機会だ。じゃあ、金曜日に」

八島は、竜崎の返事を聞かずに部屋を出ていった。彼はいい機会だと言ったが、それは八島に都合がいいという意味であって、竜崎にとっては何のメリットもない。

八島に言われて考えを変えるというのも腹立たしかったが、飲み会ごときにあれこれ悩むのもばからしいと思った。

どうやら佐藤本部長も竜崎の出席を望んでいるようだ。ならば、参加してもいいか……。

竜崎は書類の判押しを始めた。


「今日は遅くなる」

金曜日の朝に、そう告げると、妻の冴子が言った。

「あら、事件?」

「いや。キャリア会だ」

「何それ」

「県警本部のキャリアだけの飲み会だ」

「珍しいわね。あなたが飲み会に出るなんて」

「まあ、そんなこともある」

「喧嘩しないでね」

「喧嘩……? なんで俺が喧嘩するんだ?」

「何となくそう思っただけ」

「心外だな。協調性はあるつもりだ」

「協調性という言葉の意味を、ちゃんと調べたほうがいいわよ」

午後六時ちょっと前に、八島が刑事部長室にやってきた。

「さて、行こうか」

竜崎は言った。

「別に迎えに来る必要はないんだ」

「気が進まないと言っていたんで……。逃げられないように、と思ってね」

「逃げはしない」

八島と二人で、会場の店に出かけた。

細長いテーブルの端、いわゆるお誕生日席が佐藤本部長の席だ。その隣が、筆頭部長である警務部長の席だということだ。

竜崎は八島に尋ねた。

「席次が決まっているのか。まるで会議だな」

「最初だけだ。あとは無礼講だと聞いている」

「本部長のそばは部長で固めるわけだな」

「唯一の例外は、永田捜査二課長だ」

「なぜ、捜査二課長が……」

「紅一点だからさ。本部長の隣の席だ」

「今どきそんなことをしていると、セクハラだと言われるぞ」

「俺が席次を決めたわけじゃない」

「誰が決めたんだ?」

「阿久津参事官が段取りしたという話だよ」

阿久津が飲み会の幹事のようなことをやっているのか。竜崎はちょっと意外だった。

彼が他人の面倒を見るために苦労しているところは想像できなかった。

定刻の五分前には、本部長以外の全員が席に着いていた。さすがはキャリア警察官だと、竜崎は思った。

そして、時間ちょうどに佐藤本部長が姿を見せた。

「お、そろってるね」

佐藤本部長は、席に着くとすぐに言った。「今日は、新顔が二人いるね。八島警務部長と竜崎刑事部長だ。よく来てくれたな」

八島が言った。

「一言ずつ挨拶をしましょうか？」

すると、佐藤本部長はオシボリで顔を拭きながら言った。

「いいよ、そんなの。喉が渇いたから、乾杯だ」

八島は驚いた顔になった。それを見て、竜崎はちょっといい気分になった。

コップにビールが注がれ、佐藤本部長の音頭で乾杯した。

「お誕生日席」の佐藤本部長から見て左手に八島、右側に紅一点の永田優子捜査二課長がいる。そして、竜崎はその永田課長の隣だった。さらに竜崎の右隣は阿久津だった。

竜崎は永田課長に言った。

「生ビールのジョッキではなく、瓶ビールなんだね」

「人によってペースや適量が違いますから……。瓶ビールをコップに注ぐほうがコントロールがしやすいんです」

「なるほど……」

いろいろと考えているのだなと竜崎は思った。

酒が入り、料理で腹が満たされてくると、人は饒舌《じょうぜつ》になるものだ。八島の左隣、つまり竜崎の向かい側が警備部長の東山《ひがしやま》だ。

八島と東山は笑顔で何事か話をしている。竜崎はちびちびとビールを飲みながら、その様子を眺めていた。

すると、阿久津が声をかけてきた。

「酒が進まないご様子ですね」

「そんなことはない。いつものペースだ」

「いつもは、どういうペースなのです？」

「夕食時に、三五〇ミリリットルの缶ビールを一缶だけ飲む。このコップだと二杯くらいだろう」

「飲み会なのですから、普段の夕食のときの量を守る必要はないでしょう」

「取りあえず、いつもと同じ量を飲む。その先のことは、それから考える」

「警務部長と警備部長を見ておいでてしたね。興味がおありですか？」

「別に興味はない。正面にいるから眺めていただけだ」

「親交を深めるのもこの会の目的の一つだと申し上げたでしょう。ここで親しくなっておけば、仕事の上で頼み事をしやすくなります」

竜崎は無言で阿久津の顔を見た。

阿久津が尋ねた。

「なぜ不思議そうな顔をなさっているのですか？」

「仕事の上で頼み事が必要なら、する。親しいかどうかは関係ないだろう」

阿久津は笑みを浮かべた。苦笑かもしれない。

「関係ないと考える人は、そんなに多くないんですよ」

竜崎は、警備部長と何か話をすべきかどうか、真剣に考えた。話題が思いつかない。結局、話をする必要などないと思った。

永田課長がビールを注ごうとしたので、竜崎は言った。

「気をつかわなくていい。飲みたければ、自分で注ぐので……」

「こういうのも、コミュニケーションの一つだと思っています。昨今では、こういう習慣もハラスメントだという人がいるようですが、日本の伝統の一つだと思います」

「先ほど、人それぞれに酒のペースが違うと言っただろう。俺は自分のペースを守りたいので、俺のビールのことは気にしなくていい」

「承知しました」

彼女は笑顔を見せた。気を悪くしたわけではなさそうなので、竜崎は安心した。

「赤信号……？」

阿久津がそう言った。彼はいつの間にか、八島と東山の会話に参加していたようだ。

「そう」

東山が言った。「赤信号を守るかどうか」

彼は、竜崎たちの一期下だ。

いったい、何の話をしているのだろう。竜崎は、彼らの話に耳を傾けた。

2

「だからさ……」

東山が言った。「歩行者用の信号でさ、赤信号を守るかどうかって話だ」

阿久津が言う。

「お話の意図がわかりかねるのですが」

「意図なんかないよ。細い路地を横断するところに、よく歩行者用の信号があるだろう。車なんて滅多《めった》に来ないのに、なぜか信号が設置されているんだ。……で、その信号が赤になった。車はやってこない。そして、周囲に人の眼はない。さあ、君はどうする？」

「信号は守るべきでしょうね」

「べきとか、そういう話をしてるんじゃないよ。君がそういう場面で、信号を守るかどうかだ」

阿久津が一瞬、言葉を呑んだ隙に、八島が言った。

「守ることなんてないよ。誰も見てないんだろう？　安全確認すればいいんだ。誰だってそうするだろう」

それに対して阿久津が言った。

「誰だってというのは、一般市民のことですね。我々警察官には許されないことです」

「想像してみなよ。深夜に、誰も見ていない交差点で、車も来ない。それなのに、赤信号を守ってぽつんと立っているところを……。ばかみたいじゃないか」

「ばかみたいとは思いません。おそらく、竜崎部長も、信号は守るべきだとおっしゃるはずです」

八島と東山が竜崎のほうを見た。

阿久津が竜崎に尋ねた。

「竜崎部長は、赤信号を守りますよね。交通法規もれっきとした法律なのです」

「どうでもいい」

阿久津が唖然《あぜん》とした顔で竜崎を見た。

八島と東山も一瞬、虚を衝かれたようにぽかんとした顔になった。

八島が言った。

「そんな言い方はないだろう。俺たちが真剣に議論しているんだから……」

「いや、俺がどうでもいいと言ったのは……」

その言葉を遮るように、佐藤本部長が言った。

「なになに？　何の話？」

東山警備部長が、説明を繰り返す。そして、尋ねた。

「本部長は、どう思われます？」

「俺はね、研修でロンドンに行ったとき、驚いたんだよ。ロンドンの人はね、ほとんど歩行者用の赤信号なんて守りゃしないんだよ。赤でもどんどん渡っちまう。まあ、道幅が狭いってのもあるんだけど、そういう習慣なんだね」

東山部長が重ねて尋ねる。

「……で、本部長ご自身は、どうお考えですか？」

「俺？　車が来なくて、誰も見てないんだろう？　渡っちゃうだろうね」

「信号無視をなさるわけですか？」

「そうだね」

その話題は、下座《しもざ》のキャリア課長たちのところにも飛び火したようだ。

神奈川県警には、捜査二課長だけでなく、交通規制課長や外事課長など何人かのキャリア課長がいる。彼らの間でも議論が始まった。

どうやら、意見は真っ二つに分かれたようだ。本部長や八島らの「信号無視派」と阿久津らの「法令遵守《じゅんしゅ》派」だ。

キャリア会では、こんなことを真剣に議論するのか。竜崎がそんなことを思っていると、きっかり二時間で、会がお開きになった。


月曜日のことだ。

八島が部長室にやってきて言った。

「三島《みしま》交通部長が、佐藤本部長に詰め寄っている」

竜崎は眉をひそめた。

「何のことだ？」

「誰かが記者に洩らしたらしく、それで三島交通部長は頭に来たらしい」

「言っていることがわからない。ちゃんと説明してくれ」

八島が説明を始めた。

問題は、金曜日のキャリア会での話題だ。歩行者用の赤信号を渡るかどうかだ。佐藤本部長が「渡っちゃうだろうね」と発言したことが、なぜか新聞記者に洩れたらしい。

その新聞記者が、三島部長にこう迫ったらしい。

「県警トップが、交通法規を守らなくていいと、自ら公言したということだ。これは責任問題ではないのか」

交通部の長としては見過ごすわけにはいかないだろう。それで、佐藤本部長に真意を問いただしに行ったのだという。

「まあ、三島交通部長の気持ちもわからないではないが……」

「本部長に対して言った一言が、物議を醸《かも》している」

「何を言ったんだ?」

「キャリアはいったい、何をやっているのか、と……」

「三島交通部長は、地方《じかた》だったな……」

たしか、五十八歳のノンキャリア警視正だ。

「そうだ。キャリア会に、交通規制課長がいたから、そのへんから記者に洩れたんじゃないのかな……」

「部長が地方で、課長がキャリアなのか?」

「そういう人事もある」

「三島交通部長は、キャリア会に批判的だったのか？」

「知らんよ。俺は神奈川県警に来たばかりだ。おまえのほうが長いんだ。知らないのか？」

「そういうことには興味がない」

「興味持てよ」

「しかし……」

竜崎は考え込んだ。「本部長への言葉から察すると、あまり快く思ってはいないようだな」

「キャリアの交通規制課長からマスコミにつまらんことが洩れたとなれば、文句も言いたくなるだろう」

「ところで、なんでおまえは俺のところにそんなことを言いにきたんだ？」

「ああ。本部長が、時間のあるときに顔を出してくれと言っているんで、それを伝えに来た」

「それを真っ先に言わなきゃだめだろう」

「急ぎじゃないと言っていた」

「急ぎだろうが、そうじゃなかろうが、本部長に呼ばれたら駆けつけるべきだろう」

「へえ……。おまえがそんなことを言うとは思わなかった」

「どういうことだ？」

「警察社会の常識なんて、まったく気にしていないのかと思っていた」

「ばかを言うな。俺だって長年警察にいるんだ。それくらいのことは心得ている」

実は、火急の用がなければ、飛んでいく必要はないと思っていた。忙しいときには、本部長だろうが何だろうが、待たせてもかまわないはずだ。だが、珍しく今、竜崎は暇だった。

「それにな……」

八島が言った。「今はまだ、交通部長と話をしている」

「あきれたな。だったらなおさら、今行くべきだろう」

「邪魔しちゃ悪いだろう」

「ばかかおまえは」

八島はむっとした顔になった。

「ハンモックナンバー一番の俺に、ばかとは何だ」

こいつはいまだに、入庁時の成績が一番だったことを鼻にかけている。それしか拠《よ》って立つものがないのだろう。

「佐藤本部長は、助けがほしくて、俺に来てくれと言ったんじゃないのか？　助けるなら、交通部長に詰問されている今だろう。それがわからないのは、ばかとしか言いようがない」

八島は腹立たしげに言った。

「なら、ごちゃごちゃ言ってないで、すぐに訪ねたらどうだ」

竜崎は立ち上がった。


本部長室に向かうと、八島がついてきた。竜崎は尋ねた。

「何で、おまえがついてくるんだ？」

「俺は警務部長だからな」

「理由になっていない。本部長の秘書業務は、警務部じゃなくて総務部がやっているんだろう」

「総務部長はキャリアじゃないんだよ」

だから八島が、本部長の言葉を竜崎に伝えに来たのだろうか。つまり、地方《じかた》の総務部長よりも、キャリアの八島のほうが佐藤本部長と近しい関係にあるということなのかもしれない。

そんなことを思いながら竜崎は、本部長室をノックした。

「何だい」

ドアの向こうから佐藤本部長の声が聞こえる。竜崎はドアを開けた。

「失礼します。お呼びだとうかがいましたので……」

本部長席の前に、三島交通部長が立っていた。厳しい表情だ。

佐藤本部長は、竜崎の顔を見ると、ほっとしたような表情を見せた。

三島部長が言った。

「何だ、刑事部長。俺の話はまだ終わってないぞ」

「そのお話というのを、私もうかがいたく思いまして」

「……で、何で警務部長までいるんだ？」

「さあ。その点については、私も訊きたいです」

竜崎はこたえた。

「警務部長は筆頭部長ですからね。私にも話を聞く責任があると思いました」

三島部長が言った。

「筆頭部長だか何だか知らないが、関係ない人には引っ込んでいてもらおう」

「いや、あながち関係ないとは言えない」

八島部長の言葉に、三島部長は怪訝《けげん》そうな顔をした。

「どういう関係があるんだ?」

「私も、キャリア会でその話題について発言しました」

三島部長がうんざりした顔になる。

「そのキャリア会でいろいろな悪だくみが話し合われているという噂があった。ただの都市伝説みたいなもので、そんな陰謀論はあり得ないと、俺は思っていた。だから、その会でどんなことが話し合われようが知ったこっちゃないと考えていた」

「おっしゃるとおり」

竜崎は言った。「陰謀論などあり得ません」

「しかし……」

三島部長が声を張った。すると、佐藤本部長が小さな声で言う。

「声、でけえよ」

三島部長はかまわずに続けた。

「あろうことか。本部長が、赤信号など守らなくていいと発言したそうじゃないですか。いいですか。交通部が一般市民に交通法規を守らせるために、どれほどの苦労をしていると思ってるんです」

佐藤本部長が小さくなって言う。

「ああ。そりゃ、たいへんだと思ってるよ」

「しかるに、本部長は、その苦労を踏みにじったのです。本部長の発言が、新聞に載ったら、交通指導の面で壊滅的なダメージがあります」

佐藤本部長が言う。

「それはもう、何度も聞いたよ」

「竜崎部長が聞きたいと言うので、改めて話したまでです」

竜崎は言った。

「話はわかりました」

三島部長が憤然とした表情で言う。

「そういうくだらないことが話し合われるのなら、キャリア会などやめていただく。キャリアたちの失策のせいで我々地方が苦労するのはばからしいからな」

「ちょっと待ってください」

竜崎は言った。「論点がずれましたね。本部長発言が交通指導に及ぼす影響とキャリア会は直接関係ないでしょう」

「キャリア会から記者に洩れた話だ」

「誰が洩らしたかわかっているのですか？」

「交通規制課長だろうと思っている」

「だとしたら、あなたの監督責任が問われることになりますね」

三島部長が目をむいた。

「何だって？」

「あなたは交通部長で、交通規制課長は部下でしょう」

「私は地方で、あいつはキャリアだ」

「関係ありません。部長と課長です。部下の手綱はちゃんと引き締めていただかないと……」

三島部長は一瞬、言葉に詰まった。

「本部長が、赤信号を守らなくていいと言ったのは事実だろう」

竜崎はかぶりを振った。

「そんなことをおっしゃってはいません。本部長は、車が来なくて、誰も見ていなければ、渡ってしまうだろうとおっしゃったのです」

「同じことだろう」

三島部長が言った。「信号無視を容認したんだ」

「同じではありません。本部長は、赤信号を守らなくてもいいとは一言もおっしゃっていないのです。一定の条件がそろえば、人は交通法規を無視しがちだという事実をおっしゃっただけです。いわば、注意喚起です」

「屁理屈だな」

「屁理屈でも、理屈は通っているはずです。言いがかりをつけてきている新聞記者にも、交通部長からそう説明なさるべきでしょう」

「記者が言いがかりをつけていると言うのか？」

「人の揚げ足を取るのは、言いがかりです。まあ、今どきのマスコミなんて言いがかりばかりですが……」

「君は、どうでもいいと言ったらしいな」

「そっちのほうが問題だ。交通法規などどうでもいいと考えているということだな？　交通部としては許しがたい」

「言いました」

矛先を変えたなと、竜崎は思った。新たな獲物を見つけたというわけだ。いくら何でも、本部長を槍玉に挙げるのはやり過ぎだと思いはじめたのだろう。

「ああ、そうだった」

八島が言った。「竜崎部長は、たしかにそう言ったな」

本部長を守るために、竜崎を犠牲にするつもりかもしれないが、余計な発言だと竜崎は思った。

三島部長が竜崎に言った。

「明らかに問題発言だ。どう釈明するつもりだ」

「釈明なんてするつもりはありません。どうでもいいと言ったのは、本心でしたから」

三島部長が目を丸くする。

「交通部をばかにしているのか」

「もちろん、ばかになんかしていません。あの飲み会の席で、個人に赤信号を守るかどうかを尋ねることを、どうでもいいと言ったのです。信号を守るべきだというのは、誰でも知っていることです。でも、守らない人がいる。それがなぜかを考えることのほうが大切でしょう」

「なぜかだって？　交通法規をなめているからだろう」

「信号は、そもそも何のためにあるのですか？」

「何のため……？」

三島部長が考え込んだ。「そりゃあ、交通を管理するために……」

「安全のためでしょう」

「あ……」

「交通を管理するのも、もともとは安全を確保するためです。……で、歩行者用の信号が赤でも、安全を確認できれば人は渡ってしまいます」

「しかしそれは、交通法規違反だ」

「その交通法規は安全を確保するためにある。安全だと判断できるような状況では必要ないということになります」

「いや、法律というのはそういうものではない」

「そうです。これは交通警察のみならず、警察官がしばしば直面する難しい問題なのです。本部長の発言は、その問題提起だったわけです」

「そうですよ」

八島が三島部長に言った。「キャリア会ではそういう有意義な話題が取り上げられるんです」

三島部長は八島を見て、それから竜崎を睨んだ。

「問題提起ですか」

やがて彼は、佐藤本部長に向かって言った。「では、記者にそのように伝えることにしますよ」

悔しそうだった。

「ああ」

佐藤本部長が言った。「それ、俺の公式コメントでいいよ」

「では、失礼します」

三島部長は一礼して、竜崎を一瞥してから退出した。

「やれやれ……」

佐藤本部長が言った。「竜崎部長に来てもらって助かったよ」

竜崎は言った。

「屁理屈を言わせないでください」

「え……？」

「三島部長がおっしゃったとおり、私は屁理屈を言いました」

「でも、記者の件は収まったよね？」

「ええ。記事になんてならないでしょう」

「じゃあ、一件落着だ」

「三島部長の発言の根底には、キャリアに対する反感があるようです。キャリア会への赤信号かもしれませんよ」

「赤信号ってことはないだろう。せいぜい、黄色信号じゃないの？」

すると、八島が言った。

「いやあ、キャリア会をやめるわけにはいきませんよ。じゃあ、こうしたらどうです？　キャリアと地方をひっくるめて部長たちの飲み会をやりましょう。本部長も、それにご臨席いただき……」

佐藤本部長が竜崎に尋ねた。

「どう思う？」

竜崎は溜め息をついてこたえた。

「どうでもいいです」

初出一覧

空席　「小説新潮」二〇一九年九月号
内助　アミの会（仮）著『惑―まどう―』所収
荷物　「小説新潮」二〇一八年七月号
選択　「小説新潮」二〇二〇年二月号
専門官　「小説新潮」二〇二〇年七月号
参事官　「小説新潮」二〇二〇年九月号
審議官　「小説新潮」二〇二一年一月号
非違　「小説新潮」二〇二一年二月号
信号　書下ろし

カバー写真　© shironosov/iStock
表紙／本扉写真　広瀬達郎（新潮社写真部）

今野敏（こんの・びん）
1955年北海道生まれ。上智大学在学中の1978年に「怪物が街にやってくる」で問題小説新人賞を受賞。レコード会社勤務を経て、執筆に専念する。2006年、『隠蔽捜査』で吉川英治文学新人賞を、2008年、『果断　隠蔽捜査２』で山本周五郎賞と日本推理作家協会賞を、2017年、「隠蔽捜査」シリーズで吉川英治文庫賞を受賞。さまざまなタイプのエンターテインメントを手がけているが、警察小説の書き手としての評価も高い。近著に『任侠楽団』『マル暴ディーヴァ』『秋麗　東京湾臨海署安積班』など。

審議官《しんぎかん》　隠蔽捜査《いんぺいそうさ》9.5

二〇二三年一月二〇日　発行
二〇二四年一〇月三〇日　五刷

著者　今《こん》野《の》敏《びん》
発行者　佐藤隆信
発行所　株式会社 新潮社
〒162―8711 東京都新宿区矢来町七一
電話　編集部 〇三―三二六六―五四一一
　　　読者係 〇三―三二六六―五一一一
https://www.shinchosha.co.jp

装幀　新潮社装幀室
印刷所　大日本印刷株式会社
製本所　加藤製本株式会社

乱丁・落丁本は、ご面倒ですが小社読者係宛お送り下さい。送料小社負担にてお取替えいたします。

価格はカバーに表示してあります。
© Bin Konno 2023, Printed in Japan
ISBN978-4-10-300262-8　C0093